好日子是怎么来的

袁文先◎顾问
赵皖平◎主编
谢卫——编著

时代出版传媒股份有限公司
黄山书社

图书在版编目（CIP）数据

好日子是怎么来的 / 赵皖平主编；谢卫编著 .—
合肥：黄山书社，2021.5
ISBN 978-7-5461-8849-2

Ⅰ.①好… Ⅱ.①赵… ②谢… Ⅲ.①纪实文学—作
品集—中国—当代 Ⅳ.① I25

中国版本图书馆 CIP 数据核字 (2021) 第 091055 号

好日子是怎么来的

HAORIZI SHI ZENME LAI DE

袁文先　顾问
赵皖平　主编
谢　卫　编著

出 品 人　贾兴权
策　　划　李玲玲　马　磊
责任编辑　马　磊　张　锐
责任校对　王　静
装帧设计　观止堂_朱　璇
责任印制　李　磊
出版发行　时代出版传媒有限公司（http://www.press-mart.com）
　　　　　黄山书社（http://www.hspress.cn）
地址邮编　安徽省合肥市蜀山区翡翠路 1118 号出版传媒广场 7 层 230071
印　　刷　安徽联众印刷有限公司
版　　次　2021 年 6 月第 1 版
印　　次　2021 年 6 月第 1 次印刷
开　　本　787mm×1092mm　1/16
字　　数　178 千字
印　　张　14.75
书　　号　ISBN 978-7-5461-8849-2
定　　价　49.00 元

服务热线　0551-63533706
销售热线　0551-63533761

序言

弘扬伟大精神　创造美好未来

今年是中国共产党成立 100 周年。100 年来，中国共产党一贯坚持把为中国人民谋幸福、为中华民族谋复兴作为初心使命，团结带领中国人民为创造自己的美好生活，进行了长期卓越而艰辛的奋斗。

党的十八大以来，在以习近平同志为核心的党中央领导下，中国组织实施了人类历史上规模空前、力度最大、惠及人口最多的脱贫攻坚战。党和人民披荆斩棘、栉风沐雨，发扬钉钉子精神，敢于啃硬骨头，攻克了一个又一个贫中之贫、坚中之坚，脱贫攻坚取得了重大历史性成就。经过 8 年持续努力，到 2020 年底，中国如期完成新时代脱贫攻坚目标任务，现行标准下 9899 万农村贫困人口全部脱贫，832 个贫困县全部摘帽，12.8 万个贫困村全部出列。

2021 年 2 月 25 日，习近平总书记在全国脱贫攻坚总结表彰大会上庄严宣告，脱贫攻坚战取得了全面胜利，中国完成了消除绝对贫困的艰巨任务。

这是中国道路的伟大胜利！这是中国精神的伟大胜利！这是彪炳史册的人间奇迹！

中国广大农村从此改变了面貌，中国农民从此过上了好日子，这个好日子究竟是怎么来的？这既要让中国人民知道，也要让国际上许多国家和人民都知道，这是我们的责任，也是我们的义务。

脱贫攻坚取得的伟大成就，离不开全党全社会的合力攻坚。中国人民一道迈入小康社会的好日子，正是全体中国人民这样一步一步奋斗出来的！

从“小康不小康，关键看老乡”的民生关切，到脱贫攻坚“不获全胜、决不收兵”的铮铮誓言，从贫穷到温饱再到总体小康，为了人民的美好生活，无数党员干部群众迎难而上、登高行远，成为“全面建成小康社会，一个不能少”这一铿锵承诺的忠实履行者，涌现出黄文秀、李保国、张小娟等一大批脱贫攻坚模范，这些典型人物的动人故事，书写出党和政府夺取全面建成小康社会的壮丽篇章，彰显了“上下同心、尽锐出战、精准务实、开拓创新、攻坚克难、不负人民”的伟大脱贫攻坚精神。

《好日子是怎么来的》着眼于我国脱贫攻坚战中涌现的大量典型人物，重点讲述基层扶贫干部的典型事迹和贫困地区人民群众艰苦奋斗的感人故事。以图文并茂的形式、以小见大的视角，生动展现中国共产党和中国政府带领14亿中国人民摆脱贫困、全面建成小康社会这一人类发展奇迹，向世界证明中国人民全面小康的生活是这样得来的，为世界提供了中国模式和中国方案，有着重要的阅读价值和外宣意义。

我作为本书的第一读者，从中汲取到丰厚的精神营养，深刻领略到图书内容的核心要义与思想价值。

一是有力地回答了“好日子是怎么来的”这一命题。本书以弘扬主旋律、传播正能量为主基调，以宣传贯彻习近平新时代中国特色社会主义思想和十九大报告精神为主线，以讴歌党和政府全面小康和脱贫攻坚的好政策、好举措为导向，以传扬中国人民无所畏惧、不屈不挠、敢于斗争、坚决战胜前进道路上一切困难和挑战的伟大精神为动能，通过立体展示中国脱贫攻坚取得的丰硕成果，如贫困地区落后面貌得到根本改变，脱贫群众的精神风貌焕然一新，特殊困难群体生存发展权利得到有效保障，贫困地区基层治理能力显著提升等，彰显了中国特色社会主义制度集中力量办大事的优势，诠释了中国共产党以人民为中心的发展思想，体现了中国人民为实现梦想拼搏奋斗、敢教日月换新天的意志品质，有力地回答了全面小康的好日子究竟是怎么来的。

二是凝聚了接续奋进“两个一百年”的强大动力。打赢脱贫攻坚战，创造了中国减贫史乃至人类减贫史上的奇迹，为全面建设社会主义现代化国家、实现第二个百年奋斗目标奠定了坚实基础。实施脱贫攻坚以来，广大党员、干部以热血赴使命、以行动践诺言，用自己的辛劳换来贫困群众的幸福，用实际行动践行了为人民牺牲一切的誓言；广大贫困群众自强不息、奋斗脱贫，不仅成为减贫的受益者，也成为发展的贡献者；各行各业关爱贫困群众、关心减贫事业、投身脱贫行动，聚力攻坚克难……本书从全国脱贫攻坚模范和脱贫攻坚奖获奖者中选取了22位极具代表性的脱贫攻坚人物，覆盖了脱贫主体、扶贫工作主体、社会帮扶主体等不同群体。这些典型人物的动人故事，集中反映了中国人民为摆脱千百年的贫困帽子而不屈不挠、顽强拼搏、不怕牺牲、无私奉献的伟大精神。这一精神力量将会成为实现“两个一百年”目标征途上的强大动力。

三是为世界呈现了可资借鉴的减贫治理的中国样本。占世界人口近五分之一的中国全面消除绝对贫困，提前10年实现《联合国2030年可持续发展议程》减贫目标，为全球减贫事业发展和人类发展进步做出了重大贡献。本书致力于让世界尤其是发展中国家看到党和政府在打赢脱贫攻坚战、全面建成小康社会征途上的诸多充满智慧、可资借鉴的减贫政策与实践成果。“讲好中国故事”是习近平总书记对外宣工作的要求，也是中外读者最感兴趣的方式。本书通过一个又一个真实可感、生动具体、有温度、有力度的故事，讲清了中国共产党始终坚守的初心使命和强大政治领导力、思想引领力、群众组织力、社会号召力。借助本书的出版，减贫实践中探索形成的中国特色减贫道路和中国特色反贫困理论，将帮助世界上更多的国家和人民摆脱贫困，从而为构建没有贫困、共同发展的人类命运共同体做出更大贡献。

脱贫摘帽不是终点，而是新生活新奋斗的起点。中国仍是世界上最大的发展中国家，持续巩固拓展脱贫攻坚成果，做好同乡村振兴有效衔接，以更有力的举措、汇聚更强大的力量全面推进乡村振兴，这些仍然任重道远。追梦圆梦，接续奋斗，未来，中国将向着实现人的全面发展和全体人民共同富裕的更高目标继续迈进。

最后，借助本书出版面世之际，致敬这个伟大的时代和为人民幸福而奉献、牺牲的伟大人物和精神！

中国扶贫开发协会会长

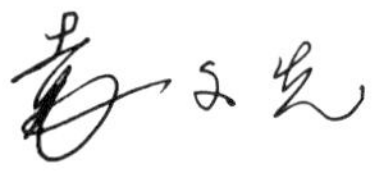

2021年5月

目录

陈开枝：全国“扶贫状元”

陈开枝皮肤黝黑，前额宽阔，头发稀疏，面容憨厚，说话风趣，乍一看，有点像行走在庄稼地里单纯朴实的农民大伯。打开他的人生履历，才发现，原来他是广州市备受爱戴的“平民市长”，是个性特别鲜明，敢作敢为敢担当的广州市政协原主席，更是“生命不息，慈善不止”的全国“扶贫状元”。最亮眼的，是他曾经担任过小平同志南方之行的首席接待官。

那是1992年的元旦，时任广东省委副秘书长的陈开枝还在佛山南海下基层，省委书记谢非给他打来电话，告诉他：“我们盼望已久的那位老人家要来了，请你安排一下。”陈开枝心里立刻明白，小平同志要来了。在陪同小平同志考察深圳、珠海的11天时间里，陈开枝用心记录下了很多珍贵的历史镜头。怀着对伟人无比的崇敬，陈开枝以对历史高度负责的态度撰写了《1992·邓小平南方之行》，该书详细记录了小平同志这次意义非凡的南方之行，深入阐述了伟人此行对中国改革开放产生的深远影响。陈开枝说，也就是在这次载入史册的南方之行过程中，小平同志第一次向全国人民发出了“发展才是硬道理”的时代最强音……

这段经历，对陈开枝而言意义极其重大，他说：“我与他老人家相遇相处的11天，最大限度地再造了我自己。”“老人家留给了我一把做人的钥匙。”

从此以后，陈开枝就将这把“钥匙”的作用和功效发挥到了极致。

在随后担任广州市委常委、常务副市长的任期内，陈开枝为广州人民彻底治理好了“一山（白云山）一水（珠江）一站（广州火车站）”，因此获得“广州人民的打工仔”和“平民市长”等美誉。1996 年，当党中央、国务院做出“东西结对帮扶”的决策部署时，陈开枝主动请缨，负责广州对口百色的帮扶工作。

百色是邓小平等老一辈无产阶级革命家发动和领导革命武装起义的地方，是革命老区，但直到 1996 年，这块“红色的土地”仍然是连片贫困地区，全市 12 个县，有 10 个是国家扶贫开发工作重点县，2 个是广西壮族自治区贫困县。

20 世纪 90 年代，百色隆林山区群众走在崎岖的山路上

当时的百色有近百万人居住在深山，交通不便，山路崎岖，全市 80 万人喝不上符合饮用标准的安全水，约 60 万人生活在极度贫困中，3.6 万名儿童因贫失学。当时一位百色地委领导告诉陈开枝：百色的贫困有两句话，一是住房“八面来风”（茅草房四处进风漏雨）；二是生活“二个不上”，不上学（没钱读书）、不上桌（没有口粮）、不

上床（没被子盖，就睡在火塘边）。

尽快让贫困地区脱贫致富，圆满完成党中央、国务院启动部署的“八七”扶贫攻坚计划，对于百色人来说，是一场实实在在的硬仗。对于喜欢接受挑战的陈开枝来说，他虽然感觉自己身上的担子很重，但也更加坚定了实施帮扶计划以改变百色贫穷面貌的信心和决心。

由于自己是广州市人民政府的常务副市长，工作实在繁忙，为了尽可能地多了解百色的具体情况，多掌握第一手材料，陈开枝给自己制订了详细的工作计划：每个星期五早上 5 点起床，7 点的航班飞往南宁，一下飞机就直奔扶贫点。车上放点红薯、玉米，饿了就吃一口，常常是下午 2 点吃午饭，晚上 9 点吃晚饭，10 点后开会研究工作。

1997 年 11 月的一天，陈开枝从早上 5 点多开始下村调研，一直奔忙到下午 3 点，早已十分疲惫，但他还坚持要再去一个村——田东县陇穷村。在崎岖的山路上，陈开枝走着走着突然晕倒了，随行人员急忙救治，过了 20 多分钟他才慢慢苏醒过来。时任地委书记的刘咸岳十分担心陈开枝的身体，好心劝说道：“老兄，这山路，越往前越陡峭，越难爬，也越危险，咱还是往回走吧。”陈开枝却笑着摇摇头说：“当地群众祖祖辈辈都这么爬，我们爬一次有那么危险吗？走吧！”为了让随行人员放心，陈开枝随手折了个树枝当拐杖，然后继续往前赶路。又经过了数小时的艰难跋涉，他们才终于到达了陇穷村。随行人员事后回忆说，那一刻，陈开枝脸上的笑容像落日晚霞一样灿烂。

时至今日，陈开枝还清楚地记得，1998 年农历正月初五，他到田东县梅林村走访，走进村民班连成家的茅草房，看到床上躺

陈开枝（左一）到田东县陇穷村调研

着两个正在发热的孩子之后，陈开枝关切地询问班连成，孩子烧得如此严重，为什么还不赶紧送医治病？班连成急得猫爪挠心地说，家里穷得连锅都快揭不开了，哪里还有钱给孩子看病啊。听了这话，再看一看班连成家徒四壁的现状，陈开枝心头一颤，眼泪情不自禁地流了下来。他连忙将身上所有的钱都掏出来，随行人员也纷纷解囊相助，共计凑了 2700 元，陈开枝将这笔钱一把交到班连成手中，让他赶紧带着孩子去看病。

百色的贫困状况让陈开枝看得百感交集，也让他更加坚定为百色扶贫攻坚的决心。

随着考察调研的不断深入，陈开枝和他的班子成员在广泛听取各方意见和建议的基础之上，研究和实施了帮扶百色的几条措施：一是搞好大石山区扶贫移民，把贫困群众从没有生存条件的地方搬出来；二是搞劳务输出，安排几十万百色的农民工到珠江三角洲打工；三是培训干部，把百色的基层干部拉到广州培训，提高脱贫发展的能力；四是开展经贸协作，动员广东500多家企业到百色投资兴业；五是开展智力扶贫，解决36000多名失学儿童的读书问题；六是发动社会帮扶，形成扶贫帮困的更大合力。正确的帮扶路子和广大干部群众的苦干、实干、巧干，加快了百色革命老区扶贫攻坚的进程，国家“八七”扶贫攻坚计划目标于1998年提前两年完成。与此同时，广州先后帮扶百色建设了5个县的6个移民开发区。

陈开枝身边的工作人员在回顾6个移民开发区的建设过程时，满怀深情地说：“6个移民开发区，就像6块难啃的骨头，为了保质保量完成开发区的建设，陈市长几乎全身心都扑了上去。他常常不辞劳苦，既当指挥员，又当战斗员。由于工程建设太艰难、太复杂，仅田林县六隆镇那一个移民开发区，陈市长就先后28次到现场指挥协调，处理施工过程中出现的各种问题。有很多次他都是带病坚持工作，但他每次来到施工现场，却都用风趣幽默的俏皮话激励大家……”

这就是下属，同时也是广大老百姓心目中的陈开枝，说话让人听起来感觉特别亲切平实又极富感染力，能鼓舞人心，激发人的斗志和干劲。

陈开枝第21次去百色之后，当时的广东省委书记李长春同志让陈开枝到全省扶贫工作会议上谈体会。陈开枝的体会是，做好扶贫工作要做到“五要”：认识要高，感情要深，路子要对，措施要硬，作风要实。

踏遍百色的山山水水之后，陈开枝得出了这样一个结论：搬迁扶贫、产业扶贫都是基础扶贫，只有让所有的孩子都能上得了学，读得了书，才是阻断贫困的关键。有鉴于此，陈开枝提出了“扶贫先扶智，扶智先扶教”的扶贫新理念。

1998年7月，陈开枝当选广州市政协主席。百色的一些同志担心他不会再去百色了，一是升了官，更没有时间了；二是扶贫工作是政府职责。他却告诉百色的同志，他不但会来，而且还会来得更勤。到政协履职的第二个月，他就带着250万元善款去了百色。他的想法是，他要充分用好政协这个平台和他的社会影响力，去专攻扶智工作，改变百色教育水平落后的状况。

也就是从这年开始到2005年，陈开枝发动海内外爱心人士捐资近3亿元，为百色新建、改建了242所中学、小学和幼儿园；发动全国政协委员、香港祈福集团彭磷基先生捐资近3000万元，援建了一个达4000人规模的百色祈福高级中学；发动广州市政协常委、企业家郑柱成先生捐资近千万元，专门培养边境地区特少民族251名孩子。有一次，台湾商人王文洋先生到广州要请陈开枝吃饭，陈开枝笑着说：“饭就不吃了，你给我打个包吧，移民开发区建学校还差50万呢。”当王文洋先生向陈开枝投去疑惑不解的目光时，陈开枝赶紧解释说：“我头十次去百色时，每次都是流着眼泪离开的。知道为什么吗？因为我也是从农村出来的苦孩子，我的内心情感完全可以借用诗人艾青的诗句加以表达，那就是：‘为什么我的眼里常含泪水，因为我对这土地爱得深沉。’所以，我就想力所能及地为百色的老百姓多做一点实事。”

王文洋先生听完陈开枝的这番表述，一时感慨万千，他二话不说，当即表示这50万元善款他捐了。

1998年陈开枝被评为全国“扶贫状元”。2005年，65岁的陈开枝正式从领导岗位上退了下来。陈开枝有一个自己的“符号理论”。他说：“作为公务员，我退休了，我的工作职责可以打一个句号了。这个句号是圆的，还是扁的，要由人民群众来评价。但作为一个共产党员，为人民群众服务，我的人生永远不会打上句号，因此，对于我来说，在我的生命终止之前，永远都只有逗号和分号。”

这一年的春节，他带着刚刚募集来的1800万元资金，再次来到了百色，这是他第50次也是连续第9个春节来到百色。很多乡亲们问他，今后还会来百色吗？他回答说：“我在职时来了百色50次，我和百色人民结下了深厚的情谊，我永远热爱这块红土地。我以后还会来百色，只要健康地活到85岁，我一定再来50次，一生来100次百色，继续当百色人民的打工仔。”

2005年4月，组织上安排陈开枝到中国扶贫基金会担任副会长一职，他认为这是给了他一个参与扶贫工作更大的平台。十多年来，陈开枝到过我国大部分的贫困地区和地震灾区开展扶贫工作，从汶川、玉树、雅安、鲁甸等地震灾区，到大兴安岭和内蒙古草原的贫困牧区，从云贵高原到青藏高原，从玉龙雪山到大小凉山，从祁连山到六盘山，从太行山到大别山，很多地方都留下了陈开枝扶贫的足迹。但他心里最牵挂、最放不下的还是百色。

为了在百色建立一个教育扶贫长效机制，2010年，陈开枝发起成立了百色市教育基金会，选定小平同志领导百色起义的周年纪念日——每年的12月11日作为慈善筹款日，他自己担任基金会的名誉会长。据介绍，至2019年底，基金会已累计筹款2.6亿多元，解决了45200多名贫困孩子上学难的问题。陈开枝自己每年也拿出一些退休金捐献给基金会，已累计捐出33万余元。

长期教育扶贫的实践经验告诉陈开枝，边远山区的教师是否安心从教，是解决教学质量的根本问题，于是他和百色市教育基金会商量决定，设立奖教基金，专门奖励边远山区的教师，让他们切切实实感受到党和政府尊师重教的决心和能力。

经过陈开枝和同仁10年来的不懈努力，目前百色已经从广西原来的教育落后市变成了教育先进市和教育强市。

2012年12月8日，习近平总书记到广东视察，重走小平南方之行之路，他邀请当年陪小平南方之行的几位老同志一起上深圳莲花山向小平同志的铜像敬献花篮。那时候，习近平总书记拉着陈开枝的手说："老秘书长，你为改革开放做出了重大贡献，退下来之后发挥余热，扶贫工作也卓有成效。"

这些年来，陈开枝陆续收到全国各地受到他帮助的学子与贫困群众的来信达5000封之多，陈开枝不仅一一读完这些来信，还抽时间给一些孩子回信，勉励教导他们，虽然父母是不能选择的，但自己的人生道路却是可以选择的，贫困不是罪过，不发奋拼搏才是罪过。很多孩子在陈开枝的鼓舞、鞭策和激励之下，最终成了各行各业中的有用之才。百色凌云县的姚美辛便是其中的代表，她在陈开枝的资助之下完成了大学学业，随后便响应国家号召，成为一名大学生村官，并且表示要接过陈开枝的爱心接力棒，把陈开枝对扶贫工作、对贫困学子的爱心传递下去。

陈开枝（左二）代表中国扶贫基金会向百色市教育基金会捐款 200 万元

陈开枝（中）与田东县陇穷村受助学生合影留念

乐业至百色高速公路穿过乡间

2017年8月，陈开枝提前8年实现了100次到百色的诺言。那次去百色时，陈开枝在老伴邓妙珍的陪同下，来到了百色最边远的隆林、西林两个县调研。有人对他说：“您13岁外出读书工作，60多年回老家也不到50次，到百色扶贫21年您来了100次，而且您是一人扶贫全家做义工。以后还会有101次、102次吗？”不等陈开枝开口，身旁的邓妙珍立刻替他做出了回答：“他已将扶贫当作神圣的事业，‘生命不息，扶贫不止’是他的座右铭。”

2017年3月18日，当陈开枝第107次来到百色的时候，他在路上跌倒了，这是他第3次在百色跌倒。这一次，他的头跌破了，缝了8针，颈椎也撕裂了，鉴于这种情况，医生说要固定静养3个月。可是省委、省政府马上要组织召开老区苏区工作会议，制定加快老区苏区发展的文件，会议还等着听取他的意见和建议呢。怎么办？面对这种两难选择，陈开枝最终没有听从医生的建议，而是继续走上了他的扶贫调研之路。

陈开枝的行为深深感动了百色人。广西凌云县文化馆的黄兰芬在她创作的《你的心牵挂着百色老区》的歌词中这样写道：“你看那个广州兄弟，脚下粘着百色黄泥，你的心牵挂着百色老区，无论你走到哪里都留下你深深的足迹。”

为了一个承诺，陈开枝坚持了25年；114次深入全国18个连片贫困区之一的广西百色。

为了一个梦想，陈开枝不为名不为利，多年深入研究并探索出一套让贫困群众真正脱贫致富的好办法、好途径。

为了一个事业，陈开枝不改初心，耄耋之年依然决定再出发。

陈望慧：致富路上的“玫瑰花”

长久以来，玫瑰都是美丽和美好的象征。

玫瑰的寓意广泛而又深厚，其喻人、喻事、喻物、喻情的花语也是五彩缤纷；文人墨客笔下的精妙诗句，更是举不胜举，诗人杨万里的“非关月季姓名同，不与蔷薇谱牒通。接叶连枝千万绿，一花两色浅深红”便是其中之一。

此外，玫瑰还是宝贵的中药材，是一些化妆品不可或缺的添加剂，同时也可以用来制作成一道道美味佳肴。

本篇接下来要讲述的，就是用玫瑰做出一份产业，然后带领乡亲们走上共同致富之路的“铿锵玫瑰”，她是一位美丽的藏族女同胞，2019 年“全国脱贫攻坚奖奋进奖”的获得者，她的名字叫陈望慧。

陈望慧家所在的达维镇冒水村，位于四川省阿坝藏族羌族自治州小金县的西北面，青藏高原的东部边缘。离她家不远的夹金山，就是当年中央红军长征中翻越的第一座大雪山。“长征万里险，最忆夹金山”说的就是它的地势险恶、气候特别。这里土地贫瘠，资源匮乏，是典型的高原山区，也是全国扶贫开发工作的重点地区。

2010 年，冒水村换届选举。村里的乡亲们都希望在外做生意的陈望慧回村竞选村主任，陈望慧对此却很犹豫。当村主任，影响生意不说，万一当不好，岂不辜负了村里人的信任和期望？抱

陈望慧（左一）和村民一起采摘玫瑰花

着试试看的想法，陈望慧参加了竞选，没想到，她最终以 90% 的得票率成功当选，成为小金县为数不多的女村干部。

2016 年，陈望慧又担任了村党支部书记。

时间重新回到她当上村主任那会儿。那时候，她的心里整天都是沉甸甸的。她们家在她的摸爬滚打之下，已经彻底脱贫了，过上了小康日子，然而村里没钱看病、没钱送孩子上学的家庭还有很多。陈望慧想，乡亲们既然选自己当了这个村主任，自己就要负起这个责，就要动脑筋想办法，尽快找到一条好路子，真正带领大家都过上富起来的好日子。这既是回报乡亲们对自己的信任和期望，更是自己当村主任的一份责任。

“机会总是留给有准备的人。”

那段时间，村民经常找她，向她诉说野猪成患的烦恼。野猪被国家列为保护动物，打不得，动不得，更杀不得。陈望慧也曾经向上级森林公安反映过，他们也曾经采取过许多围堵的办法，但收效都不大。

那天，送走前来诉苦的群众，陈望慧独自一人跑到被野猪糟蹋的庄稼地里，望着眼前一片狼藉的景象，陈望慧真正感觉到了什么叫心有余而力不足。然而，不经意间，地边两株开得十分欢畅的娇艳欲滴的玫瑰突然映入了她的眼帘。她不由心念一动，随之更是灵光一闪：“地里所有的庄稼都被啃得精光，独独这两株玫瑰却安然无恙，是不是因为玫瑰有刺，所以野猪不吃？假如我们用它来代替农作物的种植，会是什么样的光景？”

回到家里，陈望慧立刻委托朋友上网查阅玫瑰的用途和价值，得到的答案是：玫瑰的用途相当广泛，用玫瑰提炼出来的玫瑰精油被誉为“液体黄金”，甚至比黄金还贵。听完朋友的回答，她激动地猛拍了一下桌子：“不用跟黄金比，只要比土豆、豌豆强就行！”

说干就干！次日一大早，陈望慧就自掏腰包只身前往成都，因为晕车，她吐得一塌糊涂。但这一点困难对她来说，简直就是毛毛雨，根本不在话下。离开成都，她又乘飞机抵达了兰州。之后又先后赶赴河南、山东、陕西、湖北等 8 个省份进行实地考察，多方面了解玫瑰种植技术，与此同时，她还特意将各个玫瑰种植基地的玫瑰种苗买回来准备试种。

陈望慧就这样一路奔波，了解市场、学技术、挑种苗……

回到村里，陈望慧立即组织召开村委会会议，会上她将自己的计划设想以及这次外出考察的经验体会，都一一做了详细阐述。

然而让陈望慧没有想到的是，对她提出的这个致富方案，村委会成员基本上都持否定态度。他们说玫瑰确实是个好东西，但它适不适合在我们这里种植呢？大家的底子本来就差，万一再在这上面栽跟头，赔了钱不说，还误了农时，这种损失，谁也担不起啊。总之一句话，没有人愿意跟她一起干。

冒水村到底适不适合种植玫瑰呢？

这时候，陈望慧不服输的劲头上来了。没有人愿意跟她一起干，她就自己先带头干。她首先对自己从8个省份带回来的玫瑰品种进行反复实验比较，最终确定了一款适合高原生长的玫瑰种子进行试种。

从玫瑰种子下地，到它发芽、长出幼苗，再到长出枝叶，陈望慧几乎天天盯着。对于玫瑰生长的每个环节和每个细微变化，她都不愿轻易放过，都要仔细观察，做到心中有数。她不怕困难，更不怕失败。她怕的是，万一真能把玫瑰做成产业，这机会却从她手里错过了，那才是她人生最大的悲哀。

"那时候我觉得我姐姐真是疯了，放着自己饭店、酒店一年好几十万元收入的生意不管，每天尽想着那些不着边际的事情，跟中了邪似的。"

弟弟陈望伦这样描述当时的姐姐陈望慧。

"玫瑰姐姐"的称呼，似乎也出现在这个时候。

家人的不理解，村民们的冷嘲热讽，丝毫没有动摇陈望慧的信心和决心。

有道是功夫不负有心人。来年玫瑰花开的时候，陈望慧迅速带着玫瑰花来到成都茶叶市场，向商家进行咨询，结果得到了让人振奋的回答："从没见过这么好的玫瑰，你这花有多少我要多少！"

紧接着，陈望慧又带着采摘的花瓣找到专家品鉴。专家对冒水村的玫瑰花品质很认可：花期长，油质好，香味浓。

得到专家的认可，陈望慧感觉自己吃了一颗定心丸。但她还不敢掉以轻心。她又先后邀请各地专家到小金县进行实地考察，经过考察，专家们给出了肯定答复：小金县是世界上少有的几个适合发展大马士革玫瑰的地方。

专家的意见更加坚定了陈望慧发展玫瑰产业的决心。她当即引进了8个玫瑰品种，动员党员和村干部试种了50亩。

紧接着，陈望慧又把采摘出来的玫瑰花瓣带到甘肃兰州，在那里加工提纯出了符合市场预期的合格的玫瑰精油产品。

就这样，发展玫瑰种植的路子被野猪逼了出来。

就这样，清多香玫瑰种植专业合作社在冒水村成立了。

紧接着，夹金山清多香野生资源有限责任公司也应运而生了。

这个公司所采用的是“合作社 + 基地 + 农户 + 市场”的运作模式，公司负责加工、销售，合作社负责育苗、技术，村民只负责种植、管理。同时，为减少外运加工成本，陈望慧还贷款筹建了玫瑰精深加工厂，正式投产后，其开发生产出来的玫瑰茶、玫瑰精油、玫瑰酒等产品一投放市场，就大受欢迎，最后竟然远销国外，实现了增收致富的初步目标。

因为种植玫瑰，冒水村村民们的腰包慢慢鼓了起来，腰杆也慢慢挺了起来。

陈望慧这时候笑了。陈望慧本来就喜欢笑，微笑面对一切，本来就是她的生活元素和生活态度。但她这时候的笑容，却显得更从容，也更像盛开的玫瑰花一样灿烂而又迷人。

想要梦想成真，就要敢想敢干，当然也要脚踏实地，一步一

陈望慧（前左一）给村民介绍玫瑰产品的功效

个脚印。这是陈望慧这么多年以来奋斗的切身体会，也是她的经验之谈。

从 2012 年冒水村试种 50 亩玫瑰开始，玫瑰花在冒水村开出了丰收的果实。随着“玫瑰书记”这个称号的传播，从最初的冒水村到后来的夹金村、共和村、胆扎村、石鼓村、简槽村等村寨，一朵朵“脱贫玫瑰” 很快在大山深处竞相绽放，历经 4 年时间之后，又在整个小金县全面开放起来，玫瑰产业撑起了无数人的小康梦。随着全县 13 个乡镇 41 个村的 3300 多户（其中包括 1100 户贫困户和 88 户“残疾人家庭”）村民种植玫瑰 13200 亩，小金县于 2019 年 4 月一举摘掉了贫困县的帽子。

人们常说：“人生格局决定人生高度。”陈望慧当初被野猪逼出发展玫瑰种植的路子，其初心只是想带领冒水村的乡亲们走上一条脱贫致富之路，然而随着她的清多香玫瑰种植专业合作社发展成后来的夹金山清多香野生资源有限责任公司，陈望慧的视野变大了，她的人生格局随之相应变大了，她的人生高度也就理所当然地变得更高了。

2017 年，陈望慧卖掉城里的房子和商铺，拿出所有积蓄，最终筹资 3000 多万元，建成了 4000 多平方米的玫瑰精深加工厂房，实现了玫瑰精油、玫瑰露、玫瑰花茶等产品就地加工的产业目标。在此基础之上，陈望慧还探索出一条将基础种植与商业产品生产研发相结合，能够持续、稳定增收致富的新路子，进而形成一条自主加工玫瑰花蕾，生产玫瑰精油、玫瑰醋饮和玫瑰露酒等产品的比较完整的产业链条。

陈望慧在玫瑰精深加工车间

陈望慧下一步的目标是，第一，尽快建成小金县万亩玫瑰产业园；第二，进一步拓宽思路，与有关高校和企业联手，尽快走上“产学研”一体化的发展道路，同时加快网络经济发展步伐，利用互联网进一步拓宽销路，让村里、县里的玫瑰产业更上一层楼，吸引更多在外打工的年轻人回家乡创业；第三，冒水村距离四姑娘山景区30多公里，凭借区位优势，在加快建设高原玫瑰生态园的同时，发动和鼓励群众兴建农家乐，搞玫瑰花特色观光旅游，让村民吃上“旅游饭”，真正让一朵玫瑰花催生出玫瑰产业、乡村旅游，并让这两个产业成为实现群众增收致富的双引擎……

更为重要的是，陈望慧进一步向人们介绍说，这个高原玫瑰生态园建成之后，当越来越多的游客漫步在小金县起伏的山峦之间，他们不仅能够身临其境地感受和体会当年红军长征翻越第一座大雪山时的那种艰难困苦，增强克服困难挫折的勇气和信心，还能够充分领略到藏、羌、回、汉多姿多彩的民族风情，欣赏到群山雪岭的壮丽景观，更能嗅到空气中飘散弥漫着的玫瑰芬芳，看到玫瑰种植户脸上洋溢着的那种玫瑰花般绚丽灿烂的笑容。

邓迎香：当代女愚公

她叫邓迎香，她原本只是生活在贵州大山深处的一名普普通通的农家女。诚实、善良、坚毅、有主见，认准了的事百折不挠是她的底色，更是她一步步成长为村计生员、村主任、村党支部书记，最后成为党的十九大代表的基础和前提。

1991 年，因为两情相悦，邓迎香不顾父母的强烈反对，离开自己生活了 19 年的罗甸县董当乡，嫁到了七八公里之外的董架乡麻怀村翁井组，与一个名叫袁端林的小伙子喜结连理。然而这个麻怀村，地处麻山腹地，四周环山，是一个真正的山窝窝，没有一条出山的通道，吃的是玉米，点的是煤油灯，是名副其实的穷乡僻壤，而袁端林的家更是穷得叮当响。

新婚之夜，望着脚底磨出的一个个水泡，望着窗外黑魆魆连绵不绝的大山，她当时就有点后悔了。相比娘家，吃的是米饭，点的是电灯，这分明就是“米箩跳进糠箩”啊。但她很快又陷入了深深的自责之中，袁端林是她自己相中的男人，她喜欢他，就要一心一意地跟这个男人把日子好好过下去。

那时候，她的想法很简单，只要夫妻二人齐心协力，不怕吃苦，不怕辛劳，将来就一定能够过上好日子。他们种菜养猪，起早贪黑……可是，当她背上沉甸甸的瓜果蔬菜，一路上坡下坡，翻垭口、攀悬崖、扶峭壁地翻越大麻山，累得半死不说，等到她紧赶慢赶急匆匆赶到董架乡集市，原本新鲜水嫩的蔬菜，却早已经改变了成色，有的甚至变得稀烂，根本无人问津。

1993 年，邓迎香的第一个孩子出生了，这个小生命的降生给全家人带来了无尽的欢乐和喜悦。这是新生命，新气象，也是夫妻俩未来的寄托和希望，他们自然心肝宝贝地疼爱孩子，连上坡干活都背着他，舍不得交给别人照看。

然而这份喜悦仅仅持续了三个月，厄运就降临到了他们身上。那天夜里，孩子突然高烧不退，情况十分危险，尽管当时已经深更半夜，她和丈夫却顾不得多想，背起孩子，打着手电筒，就一路上坡下坡，翻垭口、攀悬崖、扶峭壁，深一脚浅一脚地疯一样往董架乡卫生院跑。然而，眼看着乡卫生院已经近在咫尺，孩子却在邓迎香的背上永远地睡着了。

那一刻，邓迎香紧紧抱着孩子那渐渐冷却冰凉的身体，竟然一声都哭不出来，她的心里太痛太痛，她的牙齿都要咬碎了，她恨这大山，恨这崎岖没有尽头的山路，她更恨不得把这个大山一头撞出一个通往外面的大洞。

1998 年的农历十一月，上级政府准备对麻怀村实施农村输电工程，但由于变压器、电线杆运不进来，工程被迫搁浅。也就是在这时候，村民意外地在山腰处发现了一个深约 40 米的溶洞口，洞口正好连着麻怀村。这一意外发现，让邓迎香立刻萌生了看看能不能通过溶洞打一条隧洞的想法。她的这个想法很快获得村两委的充分认可和许多村民的积极支持，大家一致决定凿通这条阻碍麻怀村顺利走出大麻山的隧洞。

说干就干，邓迎香与 27 户村民集资 1350 元购买蜡烛、煤油灯等工具，率先加入了凿隧洞的队伍，他们扛着锄头、拿着钢钎、提着撮箕，开始挖洞。溶洞狭窄，邓迎香和村民们只能跪着甚至趴着，一镐一镐地凿岩石。凿一阵子，村民们再紧挨着盘坐在地，从内向外用双手把凿下的岩石、泥块手递手一点一点往外运。

这哪里是在挖洞，分明就是在蚂蚁啃骨头啊。

就这样一点一点地慢慢“啃”啊“啃”，一天下来，邓迎香和其他村民们早已累得直不起腰，走不动路，晚上回家连吃晚饭的力气都没有了。但尽管如此，他们第二天还得接着继续往下“啃”。如此日复一日，有的村民感觉有点吃不消，有点“啃”不动了，想休息休息了，邓迎香这时候就赶紧一边擦汗一边耐心劝说起来：“想想咱麻怀村祖祖辈辈过的都是什么苦日子，咱们就没有理由不加油干啊。”

邓迎香的这番话正中村民们的要害，他们和邓迎香一样，心里原本都憋着一股劲，自然也都非常清楚，他们此刻哪怕多“啃”出一块石一块土，也等于多“啃”出一点让大山变通途的希望啊。

邓迎香豁出去了，村民们自然也都跟着豁出去了。

2000 年 3 月 3 日凌晨 2 时许，隧洞终于被打通了。

邓迎香和 60 多名村民高兴得手舞足蹈。

村里的许多老人在家里人的搀扶下来到隧洞口，他们一边用衣襟擦着热泪，一边连连向邓迎香竖起了大拇指。

尽管这是个又矮又窄、坑洼不平、弯着腰才能勉强走过去的隧洞，却在缩短麻怀村与山外的距离方面起到了立竿见影的效果。

受此影响和鼓舞，邓迎香的脑海里很快又隐隐约约地萌生了一个更大胆的想法……然而，当她有一天终于鼓起勇气，把自己的想法告诉丈夫袁端林之后，袁端林却把他的头摇得跟拨浪鼓一样。在他看来，邓迎香提出要把那么长的一条隧洞修成一条能开汽车的路的想法，简直就是做梦说胡话，所以他的回答很明确：“这是不可能的。”邓迎香心里虽然也清楚这是不可能的，但她从此却像着了魔似的，心里想的，嘴上说的，基本上都跟这个梦想有关。

也就是在这种情况之下，袁端林不得不做出了外出打工的决定。邓迎香虽然对此心有不甘，但在袁端林苦口婆心的反复劝说下，也只得带着她的那个朦朦胧胧的梦想，跟着丈夫穿过那个隧洞，一起走出麻怀村，走上了到城里打工的道路。到了城里，丈夫打工每个月挣的钱，加上邓迎香零打碎敲挣来的钱，足以维持一家四口人的生活。正当她感觉苦尽甘来时，第二年丈夫却因意外去世了。

翻过心上的坎，才敢攀登脚下的山；跨过心里的沟，才能逾越眼前的河。内心变得强大能让你遇见一个更优秀的自己，还能帮你凝聚战胜困难的勇气和力量。虽然最终邓迎香带着失去丈夫之痛，重新回到了麻怀村，但她在外这几年，增长了见识，开阔了眼界，她的思想境界更是获得了质的飞跃。

2007 年，邓迎香与早年丧妻的村民李德龙重新组建了家庭。

转眼间就来到了 2010 年国庆节，这一天，李德龙与前妻的二女儿出嫁。尚未完工的隧洞是出嫁必经之路。那天女儿身着一袭白色婚纱，由于前一天刚下了雨，洞里淌着齐膝深的水，她不得不脱下皮鞋换上拖鞋，双手抓起婚纱，在洞里踉跄前行。从洞里出来，一对新人几乎成了泥人。

那一晚，邓迎香辗转反侧，女儿女婿的狼狈相刺痛着她的神经，多年来这条路带来的辛酸苦痛一幕幕涌上心头，当年那个梦想，更是滚雪球一般越滚越大。她突然翻身坐起来，对李德龙说：“我要把洞凿高、凿宽，凿成通汽车的隧道。”

李德龙吓了一跳：“你疯啦？大家早都挖累了，挖烦了，人能过就不错了，通什么车，再说哪家能买得起车啊？”

邓迎香还真的就是疯了，天一亮，她就挨家挨户去做工作。可是大家听了都摇头：“你在睁着眼睛说梦话呢？”

没人理她，她就自己干！

邓迎香钻进洞里，抡起铁锤，一锤锤地凿。一天下来，双手全是血泡。丈夫嘴上骂：“你这个不知天高地厚的疯女人！脑壳进水了吧？”心里却担心着她，时常到洞里察看情况。几天看下来，李德龙的眼眶湿润了，他也不由自主地跟着一起“疯”了起来，凿洞的身影增加到两个。

然而，两个人的能力终究有限，李德龙想来想去，最后不得不对她说：“咱俩凿到死也凿不出路来，还是动员大家一起干吧。”

为了动员大家一起修通这条希望之路，邓迎香召集村民们开了无数次会。

第一次开会，来了 50 个人，邓迎香开门见山：“咱们麻怀人为什么世世代代受穷？不就是大山挡住了咱们的出路吗？”她紧接着又给大家算账：“通了路，车子就能进村，咱们的新鲜蔬菜瓜果都能多卖不少钱。建房子时材料给送到家门口，既方便又便宜。”

话是这个话，理也是这个理，可就凭你的这种干法，要干到猴年马月呀？别做梦了，还是等等再说吧。第一次开会，很多村民并不买账。

第二次开会，一些原先同意的村民突然又反悔了，还是没结果。

第三次开会，邓迎香说：“一等二靠三落空，一说二干三成功。好日子不是等出来的，而是干出来的。愚公能移山，我就不信咱们修不成这条路。”

第四、第五次会议后，终于所有人都同意了。

原来的土办法效率太低，这次他们要用机械。可是，钱呢？设备呢？建筑材料呢？邓迎香找到乡里，跟着乡干部又找到县里。县财政局批了 3 万块钱。她又四处求援，并从自家拿出 1 万块钱，然后去买来一辆旧拖拉机，租了空气压缩机，买了炸药，还买了其他建筑材料。

那天，村里举行了开工仪式。邓迎香饱含深情地对乡亲们说：“大山把咱们世世代代困在这里受穷受罪受苦，今天我邓迎香发誓，就是用手挖、用牙啃也要带着大家修出一条路来！”

在热烈的鞭炮声中，邓迎香和丈夫一人带一队，从两头同时开工，工地上热火朝天。

消息越传越广，越来越多的力量加入了这个队伍：县政府和县民宗局、民政局、城建局、残联、职校都给他们资金帮助，财政局、林业局、水利局还送来了水泥。邓迎香的女婿也捐了 1 万元。5 个在县城开货车的村民赶回来无偿拉渣土……

2011 年 8 月 16 日，经过 270 天的艰苦奋战，一条长 216 米、高 5 至 8 米、宽 4 米的隧道终于建成了！麻怀村开进了有史以来的第一辆汽车！邓迎香在隧道里走过来、走过去，眼泪模糊了双眼。她终于兑现了自己的承诺！

这条隧道是麻怀村的致富路、希望路。

这条隧道的修通，解决了麻怀村以及邻近田坝、甲哨等村 6000 多名群众的行路难问题，邓迎香也因此被人们誉为“当代女愚公”。

穿越麻怀隧道的邓迎香

2014年1月，邓迎香当选为麻怀村村主任，并获得“全国三八红旗手”等一系列的荣誉称号，在接踵而至的荣誉面前，邓迎香没有自满，而是把它们当成了实现自己新梦想的起点和动力。

这个新梦想就是带领全村走上脱贫增收的致富之路，这也是邓迎香给自己设定的又一个圆梦行动。用她的话说就是：“一碗水只能够我一个人喝，一桶水只能够我一家人喝，如果造出一口井就够我们全村人喝。”

在邓迎香的带领下，麻怀村面貌已今非昔比。农民人均纯收入从2009年的1500元，提升到2015年的8120元，不少村民开上了轿车，80%以上的村民住上了新房，村里有了文化活动场所，尊老爱幼蔚然成风，人们的精神面貌焕然一新。

然而这些成绩对于邓迎香来说，还只是万里长征迈出的第一

邓迎香（中）在给农民培训食用菌生产技术

步。她在新的圆梦行动中，又为麻怀村描绘了新的蓝图，她首先在村里发起成立了草根助学基金会，协调社会力量对村里贫困学生进行资助。“要让孩子们不受穷、不受苦，还得靠多读书。”这是她的宗旨，也是她的指导思想。紧接着她又拿出手头积蓄，同时鼓励村里几个先富起来的能人跟她一起，办起了麻怀村第一个以养殖肉牛、绿壳蛋鸡，种植中药材、果树等产业发展的专业合作社。随着产业规模的不断扩大，她动员村民将土地流转，开展规模经营，参与群众不仅能拿土地流转金，到合作社务工挣钱，年底还能参与分红，全村群众的积极性都被调动了起来，村民的收入至少翻了一番。

2016 年 10 月，邓迎香当选为麻怀村党支部书记。过年时，她组织召开了一次外出务工人员座谈会。会上，邓迎香向大家反复强调了从打工经济向内生造血转变的重要性，并向大家亮出了她的家底，也就是村里准备实施和已经开始实施的山上栽果树、田里种稻菜、家里养黑猪鹌鹑等六项工程，另外还有一个重头戏，就是利用绿水青山带动村民发展乡村旅游项目。

在邓迎香书记的愿景规划面前，以袁端生为首的一些已经具备一定经济能力的青年，当即表示愿意回来跟她一起走共同致富的康庄大道。

2016 年，邓迎香获得“全国脱贫攻坚奖奋进奖”称号。

2017 年 12 月，邓迎香当选“‘感动中国 2017 年度人物’候选人物”。

邓迎香在鹌鹑养殖场

2020年，中央电视台《承诺》系列纪录片摄制组走进罗甸县麻怀村，就党的十九大代表、麻怀村党支部书记邓迎香带领群众发展产业、奋力脱贫攻坚的故事进行了专题拍摄。

借用贵州省委书记陈敏尔的话说："脱贫攻坚最需要的就是现代女愚公邓迎香那种坚定不移、百折不挠的精神。"

黄大发："绝壁天河"大发渠

贵州山多，贵州的贫困地区大部分都集中在山区。黄大发所在的遵义市播州区平正仡佬族乡草王坝村，就地处海拔 1250 米的大娄山之中。这里石漠化现象严重，山高岩陡，雨水一落地就顺着空洞和石头缝流走了。

因而，草王坝的水比油贵。无论灌溉还是人畜饮水，都无比困难。村里有一口望天井，然而如果想要从这口望天井里取水，就必须不分昼夜地排队，接一挑水需要等一个多小时，再有就是下山到那个山谷小河里去挑水，但上下一趟就得 4 个多小时。

因为没有水，地里种的几乎都是苞谷、红苕和洋芋，村里人只能将玉米碾碎之后上锅蒸煮，一日三餐基本上都是这包沙饭。

所以千百年来，草王坝人祖祖辈辈吟唱着这样一些心酸的民谣：

“山高石头多，出门就爬坡，一年四季包沙饭，过年才有米汤喝。”

“好个草王坝，就是干烧（干旱）大，姑娘个个往外嫁，40 岁以上的单身汉一大把。”

诸如此类让人听着心酸的民谣，总结起来就一个字：穷。

想要改变这个“穷”字，就必须有水。

水是草王坝的命脉。

然而这个水又从哪儿来？

这个问题始终困扰着世世代代的草王坝人。

直到 1959 年，刚刚担任草王坝大队大队长不久的黄大发发现了水源。

距离草王坝几公里之外的螺蛳河有水，而且常年水量丰沛。只要从中间开挖一条水渠，将螺蛳河的水引到草王坝，草王坝人就可以将这个穷字去掉了。

可是开挖这样一条水渠，要绕 3 重大山，要过 3 道绝壁，要穿 3 道险崖，如果能够开挖成功，简直堪比在悬崖绝壁之上开出一条天河。

13 岁成了孤儿的黄大发，是吃百家饭长大的。黄大发只跟着私塾先生念过几天《三字经》，几乎目不识丁。因为不怕吃苦，十几岁时就在大冬天打着赤脚给村里站岗放哨，还因为勤劳能干，肯动脑子，善于接受新事物又能说会道，所以成了上级培养对象，入了党，当了村干部。当他提出要在草王坝与螺蛳河中间开挖一条引水渠的想法之后，上级部门在“红旗渠精神”的鼓舞感召之下，立即牵头组织草王坝大队、健康大队、胜利大队共同开挖这条引水渠，并将这条准备开挖的引水渠命名为“红旗大沟”，由黄大发任指挥长。

上级的这个决定传达下来之后，最欢欣鼓舞的自然是饱受缺水之苦的草王坝人。他们打从心底里觉得，还是共产党好，共产党最了解、最关心人民群众的疾苦。那时候，人人兴高采烈，个个摩拳擦掌。

就这样，一群面朝黄土背朝天的纯朴的庄稼汉，在黄大发的带领下放下锄头，离开了贫瘠的土地，举起锤子和钢钎，踏上了悬崖和峭壁。

他们开始凿渠，当举起的锤子、钢钎与坚硬的岩石发出叮叮当当的碰撞声时，他们竟一点儿都不觉得刺耳，相反却感觉这种声音简直像音乐般美妙动听。

他们缺水，他们要水，他们心里都清楚，要想早日脱贫，就必须一锤一锤地敲，一钎一钎地凿，一锹一锹地挖，直到将这条水渠挖出来，直到祖祖辈辈的梦想变成现实。

可是，现实永远比梦想残酷。

就这样修修补补十几年，想尽办法，螺蛳河的水就是进不了草王坝。最后，由于缺乏资金、技术和劳动力，草王坝人的梦想还是破灭了。

十几年的努力付诸东流，草王坝人灰心丧气。

原来高度凝聚的人心也都跟着散了。

只有黄大发始终不服气，更不放弃。

但他之后所做的一切努力却再也没有得到村民们的任何响应。

1976年，遵义县水利局的年轻干部黄著文到草王坝调研，那天晚上借宿黄大发家的经历，让黄著文刻骨铭心。

那一夜，黄大发与黄著文促膝长谈，通过心与心的交流和沟通，他们彼此之间增进了了解，也加深了友情。那一夜，他们谈得最多的话题，还是关于修挖水渠的事情。黄大发对黄著文敞开心扉："作为一名共产党员，为党分忧，为民造福，把这条水渠修好挖通，是我这辈子最大的心愿。"

时间在黄大发的一次次努力、一次次梦想落空的来来回回的拉锯之中，慢慢进入1990年，这一年草王坝遇上了前所未有的大旱。100多天滴雨未下，土地开裂，几乎颗粒无收。

村民们纷纷哀叹：

"实在撑不下去了。"

“没粮食没水，连包沙饭都快吃不上了啊。”

“老天爷这是要把咱们往死路上逼了啊。”

……

难道草王坝人只能安于宿命，只能祖祖辈辈受穷？

黄大发手一挥，脚一跺，心一横：“修渠，一定要把这条水渠修出来！”

在那个天寒地冻的腊月天，黄大发整整走了两天山路，赶到了遵义县城，敲开了已经当上县水利局副局长的黄著文的家门。乍见之下，黄著文简直不敢相信自己的眼睛。站在他眼前的人，冻得脸色铁青，脚下穿的那双解放鞋已经磨破，上面沾满了泥浆，偏偏几根冻得发紫的脚趾头还露在外面，身上穿的衣裤本来就显单薄，偏偏上面还结满了冰霜。这还是那个十几年没见过面的黄大发吗？

还未落座，黄大发就说明来意：“草王坝大旱3个多月，地里颗粒无收……”黄大发这边说着，那边连忙从他破烂不堪的挎包中掏出一份修水渠立项申请报告。

看到这一幕，黄著文又心酸又心疼，沉默了许久，才开口道：“老黄啊老黄，修水渠重要，你的身体也重要啊！”

紧接着，黄著文给黄大发分析具体情况，县财政非常困难，一年的水利资金不过20万元。根据黄大发的立项申请和县水利局的初步测算，从螺蛳河取水到草王坝要经过大小9处悬崖、10多处峻岭，水渠需要从离地几百米高的大土湾岩、擦耳岩和灰洞岩的悬崖峭壁上打出半幅隧道，需要五六万个工时，草王坝才一两百个劳力，怎么完成这么大的工程量？

黄大发很激动：“你知道这两年我被抽调到枫香区水利站协助

工作，我利用这个机会已经学到了一些水利技术。当然，这些都是次要的。关键在于，我是一名共产党员。我有这个决心也有这个信心。我已经做好了充分的思想准备，一年修不成，修两年，两年修不成，修三年。我可以在这里向你发誓，哪怕用我的命去换，也要把它修成！"

这一点，黄著文完全相信，这个看上去身材矮小又瘦弱的男人，骨子里却有一股泰山压顶不弯腰的韧劲。那是一种很多人并不具备的精气神，也是一种令人不得不敬重的人格力量。

经过黄大发多方奔走，再加上黄著文从中协调努力，县水利局在与县乡两级政府多次协商之后，最终批准了草王坝水利工程项目，决定拨付 6 万元现金和 38 万斤玉米，同时要求草王坝在规定时间之内凑齐 1.3 万元规划押金，到时候不仅县里拨付的工程款和物资马上到位，还会派出专业技术人员前往现场指导。

这对于黄大发而言无疑是天大的喜讯，他抑制不住喜悦激动的心情，连夜赶回草王坝。然而快到村口的时候，黄大发的心却突然揪了起来。

第一次号召大家跟着他挖水渠的时候一呼百应，愿意像他一样拼命的也不乏其人。之后的十几年，却一次不抵一次……

如今，被贫穷和一次次失败冲散了的人心还能聚齐吗？短时间内凑齐 1.3 万元，对于当时穷得叮当响的草王坝人，又谈何容易？重修水渠，会有人反对吗？

黄大发担心什么来什么，他在随后召开的全体村民大会上，刚刚提出重新修渠，立刻有人站出来反对。为首的居然还是黄大发的舅公杨春发，杨春发说："大发啊，你要是能把水引过来，我拿手心板煮饭给你吃。"

那一刻，黄大发的心凉了大半截。

然而，黄大发不是轻易就能被打倒的人。何况他已经拿到了上级的批文，他现在已经胸有成竹，他有胆气更有底气。他坚信他这次含着热泪对乡亲们发出的铿锵誓言，一定能够产生积极的效果。

村民大会刚结束，黄大发又紧接着召开支部党员大会。会上，他指出：全县一年的水利资金不过 20 万元，却一下子给咱们拨出了 6 万元，这说明什么？说明上级政府非常重视这条水渠的开挖，说明党和政府的支持力度非常之大，所以他要求全体共产党员在关键时刻，真正发挥先锋模范表率作用，提高凝聚力和战斗力，支部成员更要紧密团结在一起，充分发挥党支部的战斗堡垒作用。

全体党员，尤其是党员干部们，本来就憋着一股劲，现在又再一次得到了党和政府的大力支持，大家自然二话不说，就一个字：干。

那 1.3 万元的规划押金呢？

凑，哪怕砸锅卖铁。

黄大发的心里顿时热乎乎的。

让黄大发心里更热乎的是，他刚走出会议室，他的舅公杨春发已经带着一些村民守候在门口，把他们应该出的那份钱，递到了黄大发的手中。

在他们的示范带头之下，全村都发动了起来，凑不出钱的就借钱，借不到钱的就卖东西换钱。卖猪、卖羊、卖鸡、卖苞谷，还有豆子、鸡蛋、蜂糖……

那天晚上，黄大发和时任草王坝村村主任张元华在煤油灯下统计和登记规划押金。当他们把一角、两角、伍角的角票，一张一张地理顺叠在一起的时候，两人的脸色都特别凝重。短短一天时间就凑足 1.3 万元，对于旱了 100 多天的草王坝人来说，这一点一点凑出来的已经不只是血汗钱，而是真正勒紧裤腰带贡献出来的救命钱，更是乡亲们的一颗心，是草王坝人的全部希望啊！黄大发当时流着眼泪立下军令状："修不好水渠，我拿党籍来做保证，不，我拿命来换！"

1992 年的春天，浩浩荡荡的修渠工程正式开始了。全村有劳动能力的几乎全部上阵。从此 300 多人的队伍都跟着黄大发奋战在修渠工地。按照要求，施工队负责在前面凿石壁、打槽，村民在后面跟着挑土方、砌堡坎。

在整个水渠所要经过的 3 座大山、9 个悬崖、10 多处山岭当中，大土湾岩、擦耳岩和灰洞岩的地势最为险要，必须先在悬崖峭壁上凿出渠道来，因此勘测是所有工程中的第一步，也是这次修渠的第一个难题——测量人员要在几百米高的悬崖上工作。按照当时的条件，只能在一个人腰间拴着缆绳，从山顶上一点点把人下放到绝壁处进行测量，这种情况连专业施工人员都望而却步。

为了不影响工程进度，黄大发自告奋勇，当即弯腰从地上捡起一根绳索，在腰间系牢了，将另一头递给在场的人，吩咐其控制好绳索，就慢慢地从悬崖边一点一点降了下去。那时候，所有人都屏住了呼吸，因为他们知道，下去的这个人，不仅是草王坝的当家人，同时还是一个年近 60 的老人。看着不断下探的绳索与山崖摩擦腾起的灰土，他们的心里都为此捏了一把汗。直到他们听见黄大发在悬崖下面报了平安并已经完成了任务，大家这才大大松了口气，合力将他拽了上来。当时在场的村民沈秀贵无限感慨地说："为了修渠，黄大发书记真是把命都豁出去了啊。"

到悬崖下面测量勘测，是黄大发带的头，后期下去埋炸药，黄

大发渠

大发同样一马当先，还是冲在最前面。

就这样凭借过人的胆量、安全的防护和科学的方法，他们花了3个多月的时间，完成了大土湾岩、擦耳岩、灰洞岩的测量工作，开始进入施工阶段。

1993年，工程进入异常险峻的擦耳崖，擦耳崖与地面垂直高度有300多米，想在这里寻找埋放炸药的合适位置，难度特别大，也异常危险。就在大家犯难的时候，又是黄大发第一个站出来，他身边的几名党员见状，也紧随其后。他们先上山顶，再将绳子一头拴住大树，一头系牢腰间，然后顺着石壁慢慢往下探，寻找合适位置，然后在岩石上一点点开凿，最终凿出炸药埋放点。

冬去春来。

经过草王坝人风餐露宿、夜以继日的三年奋战，他们用双手硬生生地凿出了绝壁引水的奇迹，完成了他们祖祖辈辈的夙愿。一条跨3个村、10多个村民组、主渠长7200米、支渠长2200米的大渠终于竣工。

1995 年端午节，当汩汩清流从沟渠一泻而下的那一刻，草王坝村全村老少扛着锄头一路奔向了自家的田地。他们开始引渠蓄水，他们要把祖祖辈辈刨食的旱地变为稻田。

那一刻，群峰壁立，流水淙淙，山风拂面，壮志有声。

那一刻，半坎组 49 岁的徐开伦和黄大发双双跪在地，他们热泪纵横。年年岁岁的盼，年年岁岁的望，今天终于圆梦了。

欢呼过，雀跃过，回过神来的乡亲们首先想到了黄大发，想到了他在这 36 年为这条水渠所做的牺牲和所付出的一切。他们发自肺腑地把这条彻底改变草王坝人命运的生命之渠亲切地称作“大发渠”。

这年春节，草王坝家家户户都把平日里舍不得吃的新米煮上一大锅，他们第一次底气十足地敞开吃，徐开伦一口气吃了五大碗。

黄大发（中）在和果农研究果树种植技术

水通了，黄大发却没有停止前进的脚步，在党的富民政策指引下，黄大发又让草王坝通了电，通了路，还修起了小学。

在解决孩子上学读书问题的同时，黄大发又把工作重心放到带领群众“坡改梯”上面，也就是将原来存不住水的山坡地改造为能够蓄水的平整梯田，然后开始种上水稻。在这个过程中，村民徐国树表现得最出色。他带领全家人改造了 4 亩梯田，全部种上水稻后，第二年的亩产达到 1000 多斤。

“坡改梯”的成功实施，让草王坝的粮食总产量从每年 6 万斤飞升到每年 80 万斤，昔日草王坝的荒山野坡很快变成了肥沃的良田。

有了水，就有了草王坝如今的小青瓦、坡面屋、穿斗房、转角楼、雕花窗、白粉墙……

有了水，草王坝就今非昔比。

最让草王坝人硬气甚至豪气的是，原来穷得都娶不到媳妇的光棍村如今在上级政府的大力支持，以及黄大发和几届村两委的不懈努力下，已经改名团结村，而且还将很快成为易地扶贫搬迁的宜居之地。

绿水青山就是金山银山。如今，在贵州省委省政府的支持下，黄大发带领团结村与

黄大发在巡渠

中天金融集团合作，将大发渠作价3000万元入股，撬动了上亿元的投资，打造旅游度假区和生态产业园。三到五年内，团结村将实现产业转型升级，村民可增收近5亿元，将彻底告别贫穷落后，实现产业兴旺、生态宜居、乡风文明、治理有效、生活富裕的乡村振兴图景。

2017年4月19日《贵州日报》头版头条刊发的《绝壁“红旗渠”的故事——“年份英雄”黄大发》一文中的结束语这样评价黄大发：

“半个多世纪过去了，变幻的是时空，不变的是宗旨。

大发渠像一座历史碑刻，铭记着那一段峥嵘岁月；更像一堂永远的党课，启迪我们，只要真心为了人民、紧紧依靠人民，就没有克服不了的困难，就没有创造不了的奇迹。”

2018年3月1日，在首都北京举行的“感动中国2017年度人物”的颁奖盛典上，组委会给予黄大发的颁奖词是这样写的：

“水过不去，拿命来铺，这是一个老党员为人民许下的誓言。大发渠，云中穿，大伙吃上了白米饭。三十六年，为梦想跋涉，僵直了手指，沧桑了面孔，但初心不变。”

在颁奖现场，黄大发告诉大家，现在家家都有大米，都有果子，水好得很，很甜！

当主持人白岩松问黄大发，您打算干到90岁还是100岁时，黄大发铿锵有力地回答说：“活一天就干一天！”

黄文秀：新长征路上的时代楷模

所谓"人生一瞬，转眼百年"，说的是时光匆匆，人生短促。如何在有限的生命行程中，体现自我，实现自我，让生命变得精彩，让生命价值绽放夺目光芒，每个人都有自己的认识和理解。认识和理解不同，对待生命和行走的方式自然也就不同。

时代楷模黄文秀，就是这样一个让生命变得精彩，让生命价值绽放夺目光芒的榜样。

虽然她的生命永远定格在了30岁，但她却用自己短暂的生命谱写了闪闪发光的初心使命和青春无悔！

习近平总书记在对黄文秀先进事迹做出重要批示时指出："黄文秀同志研究生毕业后，放弃大城市的工作机会，毅然回到家乡，在脱贫攻坚第一线倾情投入、奉献自我，用美好青春诠释了共产党人的初心使命，谱写了新时代的青春之歌。"

黄文秀是广西百色人。她家所在的田阳县巴别乡德爱村多柳屯，地处田阳县南部的大石山区。这里是革命老区，也是贫困地区。由于常年干旱缺水，自然条件恶劣，农作物种植单一，村里人普遍生活在贫困之中。黄文秀家更艰难。她的母亲下肢残疾，还患有先天性心脏病，日常出行都要靠小板凳支撑。日子虽然过得艰难，但家里的顶梁柱、黄文秀的父亲却特别勤劳善良，也特别乐观开朗，尤其把壮乡山歌唱得清脆响亮，唱得激情奔放，并且因此获得过"壮乡山歌王"的美誉。

为解决山里缺产业问题，黄文秀主动学习养蜂技术

1989年4月18日来到这个家庭的黄文秀，是听着父亲美妙动人的山歌慢慢长大的。黄文秀从小乖巧可爱、文静秀气。姐姐黄爱娟说，正是因为这个缘故，家人才给妹妹取名黄文秀的。

黄文秀不仅乖巧可爱、文静秀气，还特别聪明机灵。三四岁的年纪，就会悄悄地把哥哥姐姐的旧作业本拿到门口的树墩子上面，然后照着上面的字一个一个地描写起来，那些字虽然写得七扭八歪，但她一笔一画的认真劲、细心与用心，却让哥哥姐姐，尤其是父母亲看了很欣喜，也很感动。

最让母亲感动的是，文秀从小就有爱心和孝心。母亲下肢残疾，行动不便，文秀总是尽可能为她分担家务事，争着帮她洗这洗那，家里但凡有一口好吃的，她总是第一个想着要留给母亲。

有一次，她正趴在树墩子上练习写字，母亲在捡拾柴火的时候，因为一时疏忽大意，不小心摔倒在地，手指被磕破，鲜血直流。黄文秀发现之后，先是急得哇哇大哭，后来知道哭顶不了用，就连忙冲到母亲身边，火急火燎地捧起母亲流血的手指，用自己的嘴巴为母亲舔舐伤口。

黄文秀家穷，但她的父母亲却十分懂得"只有知识才能改变命运"的道理，并且身体力行地做到再穷不能穷孩子。黄文秀就是在这样的家庭环境下，同时也是在社会爱心人士的帮助之下，开始一步一步读小学，读初中，读高中，最后考取大学，成为山窝里飞出的一只金凤凰的。

黄文秀就读的大学是山西省长治学院。

黄文秀生在老区，长在老区，她不仅是听着父亲美妙动人的壮乡山歌慢慢长大的，也是在父亲不断讲述无数老区英烈的革命故事和民间传说中慢慢成长起来的。让她最刻骨铭心的，首先当然是小平同志组织、发动、领导的百色起义。同样让她永远难忘的，还有韦拔群和陈洪涛。两人都为革命事业做出过不可磨灭的功绩，又都因为叛徒出卖而英勇牺牲，成为一代又一代共产党人学习的楷模和前进的动力源泉。

从小就受到老区革命精神洗礼和熏陶的黄文秀，对历史尤其是革命历史人物怀有无比浓厚的兴趣和无限的崇敬之情，所以她所学专业是思想政治教育，所以她一到大学，就趁开学之初的空当，专门跑到上党战役指挥部旧址进行实地考察，并认真仔细地参观了八路军太行纪念馆。由于上党战役与百色起义的主要领导者当中都有邓小平同志，她自然而然地把上党战役与百色起义联系起来，并以发扬百色起义精神和太行精神为己任。正如黄文秀当时的班主任闫建华所说，黄文秀是百色起义精神孕育的英雄儿女，是太行精神滋养的优秀青年，广西百色和山西长治革命老区的红色血脉熔铸了黄文秀同志坚定的理想追求。

2011 年 6 月，品学兼优的黄文秀在鲜艳的党旗下，庄严宣誓加入中国共产党，从此如愿成为一名光荣的中国共产党党员。

2013 年，黄文秀又以优异的成绩考入了北京师范大学哲学学院，从此，北师大“学为人师，行为世范”的校训成了她为人为学的行动指南。

黄文秀人如其名，她爱美，喜欢穿裙子，会弹古筝、吉他，写得一手好字，有一点闲暇时间还专心致志地学画画。无论是在山西长治学院还是在北师大，跟她同过学的人都说她身上总是散发着一种热情，一种梅花香自苦寒来的励志精神。除此之外，她的身上其实还有一种更为宝贵的品质，那就是她懂得感恩，无论是对父母、哥哥、姐姐，还是对她学习道路上所有的师长，以及社会上所有帮助过她的爱心人士，她始终都怀揣着一颗感恩之心。她最大的心愿，就是用自己坚忍不拔的毅力、顽强刻苦的努力，来一点一点给予反哺和回报。

长期以来，父亲一直有一个梦想，就是能够到北京天安门广场看一次升旗仪式。从广西到北京来回的交通费、吃住费等，加起来是一笔不小的开支。钱从哪儿来？父亲很犹豫。他不敢迈出这一步。黄文秀却用自己的努力，打消了父亲的顾虑。她通过勤工俭学，最终攒足了这笔钱，圆了父亲这个梦，让父亲任何时候回想和提起这段经历的时候，都感到无比激动、骄傲和自豪。

毕业后，黄文秀婉拒了许多在京企业向她抛出的橄榄枝，毅然决然地回到了自己的家乡百色，成为 2016 届广西优秀定向选调生。

对于黄文秀所做出的这个决定，很多人不理解。能够留在北京，那是多少人梦寐以求的事情，你为什么不选择留下？黄文秀笑笑回答，也许这就叫人各有志吧。

只有熟悉了解黄文秀的人心里清楚，对于这个选择，其实她早就做出了明确回答。曾经有人问过黄文秀，什么是幸福？她的回答是："没有贫困就是幸福。"她在做出这个回答的时候，没有丝毫犹豫，几乎是不假思索。虽然她家所在的德爱村多柳屯，已经在广州对口百色的帮扶中实施了扶贫搬迁，生活面貌得到了很大改善，但百色地区的很多父老乡亲还都生活在贫困之中。对于贫困她有切身感受，更有切肤之痛，所以她在入党申请书中是这样写的：

"只有把个人的追求融入党的理想之中，理想才会更远大。一个人要活得有意义，生存得有价值，就不能光为自己而活，要用自己的力量为国家、为民族、为社会做出贡献。"

所以，早已经被红色血脉熔铸的她，始终坚定地认为，一代人有一代人的长征，一代人有一代人的担当。回到自己的家乡，为家乡的发展建设事业尽心尽力，做出自己应有的贡献，就是她心里的长征。

所以走出大山的她，才会义无反顾地重新回到生她养她的大山。

对于女儿的选择，父亲很理解，也很支持："你入了党，就要为党工作，为社会出力，做一个干干净净的公务员。你选择回来好，阿爸支持你。"

回到百色，黄文秀先是在市委宣传部理论科任职，后又挂任中共田阳县那满镇党委副书记。2018 年 3 月，黄文秀正式成为广西壮族自治区百色市委宣传部派驻乐业县新化镇百坭村的驻村第一书记。

3月的百色，正是乍暖还寒时节。

黄文秀风尘仆仆赶到百坭村，顾不上喘口气，就立刻进入工作状态。她先是让村支书周昌战召集村两委成员与部分村民代表召开一个见面会，紧接着又按照村里提供给她的贫困户名单，开始逐户登门走访，听取民情民意。然而，让她没有想到的是，她这临门第一脚就踢飞了，遭到了乡亲们的普遍冷遇。她的心里不免打了个咯噔，这是怎么回事？这第一炮都没打响，今后的工作还怎么开展？

通过努力，她很快找到了问题的答案。

“这个书记长得这么漂亮，学历又这么高，她不过是来我们村里（走走）过场的。”这是百坭村村主任班智华，也是大多数村干部心里的第一感觉。

“她这么年轻，又是一口官腔（普通话），我们也不大相信。”这是百坭村村民梁家忠，也是大多数村民的第一感觉。

明白了，村干部和村民们担心的，其实就是她这个驻村第一书记，这个上级派下来的扶贫干部，能不能真正带领大家脚踏实地真抓实干。

找到了问题的根子，就等于找到了解决问题的钥匙。

再次面对乡亲们的时候，黄文秀首先开口说家乡话，但五里不同俗，十里不同音。黄文秀的家乡田阳县与百坭村相距将近300里，百坭村人讲的桂柳方言，她一句都不会。为了真正拉近彼此之间的距离，也为了今后能够更好地开展工作，黄文秀就开始一边工作，一边抓紧时间刻苦学习桂柳方言。

黄文秀（左二）深入柑橘园了解情况

这一切，都被黄文秀写到了她的驻村干部扶贫日记里面。

在黄文秀的驻村干部扶贫日记里，最醒目的就是她手绘的一张百坭村贫困户分布图。石山林立的百坭村是深度贫困村，全村 472 户中有 195 户贫困户，11 个自然屯很分散，最远的屯距村部 13 公里，好几个屯都在 10 公里以上。为了提高工作效率，也为了方便自己能够忙里偷闲多看望几次几百里之外的父母亲，经过反复考虑，黄文秀最终咬咬牙，拿出自己的全部积蓄买了一辆代步车。巧的是，驻村一周年的那天，汽车仪表盘显示的里程数恰好为两万五千公里。黄文秀为此发了一条微信朋友圈："我心中的长征！

驻村一周年愉快！”

在那张百坭村贫困户分布图上，黄文秀每走访完一户贫困村民，就会清楚地标出这户人家的具体名字和具体位置，对于这户人家的具体情况以及将要采取的具体帮扶措施，则另用文字加以详细记录，真正做到了然于胸。

贫困户韦乃情，那年53岁，家里孩子多，妻子又是个病秧子，黄文秀前后往他家里跑了12次，每次去韦乃情除了长吁短叹还是长吁短叹。最后一次是在他家屋后，韦乃情正在修剪一棵油茶树，黄文秀灵机一动，问他敢不敢把眼前这片地都种上油茶树，韦乃情点点头又摇摇头。黄文秀明白了他的意思，立刻帮他申请扶贫贴息贷款，让他种植了20亩油茶树，当年就顺利实现脱贫。

村民梁家忠也是有名的贫困户，这一年，他的两个孩子都考上了大学，一家人高兴得不得了，但两个孩子的学费，却又让他们独坐愁城。黄文秀知道情况后，立刻为梁家忠家办理“雨露计划”助学申请。“雨露计划”是国家在贫困地区实施的一项脱贫工程，申请表交上去不久便被批了下来，一下子为两个孩子省下一万元，也为梁家忠减轻了很大的经济压力。

百坭村砂糖橘的种植面积达500亩，仅那用屯就达300亩，面积虽然不小，但基本上都是单打独斗，产量和质量不行。如果有一个带头人，能够形成规模种植，起到辐射作用，那就可以把整个百坭村都带动起来。黄文秀和村干部经过反复讨论协商，决定选择那用屯的种植大户班统茂来做这个致富带头人。

谁知找到班统茂，却被他一口回绝。

班统茂回绝的理由相当充分：“你们看看那用屯出村的这条路，连摩托车都开不了，更不用说开汽车。砂糖橘的季节性不用我说，你们也都清楚。到时候万一运不出去，卖不掉，你们想过后果没有？”

班统茂说得认真，黄文秀听得也认真，在她的记事本上写得更认真。离开那用屯，告别班统茂，黄文秀就直接去了镇上，紧接着又赶往县里。她此行的目的非常明确，就是请相关职能部门，尽快帮助完成那用屯的道路硬化。

项目批下来了，但工程量太大，工期太长，根本无法保证在砂糖橘成熟之前完工。针对这一客观情况，黄文秀立即组织力量对破损路面逐一修整，保证卡车能开得进来，也能开得出去。

人心换人心。完成了这些工作之后，黄文秀再次找到班统茂，班统茂二话不说就答应了她的要求，第二年，百坭村的砂糖橘种植面积，就从原来的 500 多亩扩大到 2000 多亩。

百坭村村民班统茂在果园里忙碌

百坭村村貌

除了修路，村里还安装了太阳能路灯，建了4个蓄水池。与此同时，黄文秀又组织动员有一定文化基础的村民学习网络知识，建立电商营销平台。这一年，百坭村通过电商平台，销售了4万多斤砂糖橘，销售额达到22万元，种植砂糖橘的贫困户每户因此增收了2500余元。

通过引导种植油茶、八角和杉木，扩大猕猴桃、砂糖橘、枇杷等农产品的销售渠道，一年时间不到，百坭村就有88户418人实现了脱贫目标。

“百坭村人的日子越来越有盼头了。”

这是村民韦乃情、梁家忠和大家共同的心声。

情感上，他们早已经把黄文秀当成自己的亲闺女那样亲，他们更是早就认定黄文秀是带大家奔好日子的主心骨。

每当进入雨季，广西百色大石山区时常会遭受洪涝、塌方、山体滑坡等自然灾害的侵袭。2019年6月16日晚上9点至次日凌晨5点，广西百色市凌云县出现大雨到暴雨，局部大暴雨到特大暴雨，其中百色市凌云县伶站乡九民水库降雨达371.4毫米。

这一天，黄文秀利用周末开车回家看望做完第二次肝癌手术的父亲，望着外面如注的雨势，黄文秀心急如焚，她犹豫再三，最后不得不对父亲说，她必须立刻回百坭村。病床上的父亲非常担心：“天气预报说晚上有暴雨，现在开车回去不安全，还是明天再回吧。”

“正因为有暴雨，我才更放心不下，我才更应该立刻赶回去。”

面对父亲的苦苦挽留，黄文秀叮嘱了一句“您一定要记得按时吃药”，便迅速出门，然后驾车向百坭村方向急驶而去。

行车途中，她不断与村干部联系，询问当地雨势和灾情，特别叮嘱要关注几个重点村屯，要立即组织群众防灾救灾……

回忆当晚的情况，村党支部书记周昌战几度哽咽："那么危险的情况下，黄文秀书记心里想的全都是村里的灾情……"

那时候黄文秀单位的微信工作群里也炸开了锅。

同事们纷纷给黄文秀留言：

"太危险，赶快掉头！"

"注意安全！"

"赶紧往回开……"

她哥哥黄茂益则一遍又一遍用手机不停地向她发出呼唤：

"妹妹，快回来，哥哥求你了！"

可是，那时候说什么都晚了，也都来不及了……

黄振荣："红船"精神烛照未来

法国大文豪雨果有一句名言："世界上最广阔的是海洋，比海洋更广阔的是天空，比天空更广阔的是人的胸怀。"

所以有人说，一个人胸怀有多大，他的人生格局就有多大。诗圣杜甫如果胸怀狭小，他就写不出"安得广厦千万间，大庇天下寒士俱欢颜"这样的千古诗句。

胸怀宽广的人，都有"先天下之忧而忧，后天下之乐而乐"的家国情怀，都有坚定的理想信念、远大的志向抱负，以及崇高的奉献精神和牺牲精神。

2018 年 10 月荣获"全国脱贫攻坚奖贡献奖"荣誉称号的黄振荣，就是这样一位具有家国情怀的人，一位有理想信念、乐于奉献的人。

黄振荣是江苏无锡人，无锡是国家历史文化名城，自古就是鱼米之乡。它富饶美丽，物产丰盈，人杰地灵，饱享"太湖明珠"之美誉，著名的京杭大运河穿城而过；它北倚长江，南滨太湖，东接苏州，西连常州，构成经济文化十分繁荣发达的苏锡常大都市圈。

无锡不仅拥有大量的名胜古迹，拥有享誉海内外的优秀中国民间器乐曲《二泉映月》，更拥有"中国近代力学之父"钱伟长先生，还有以"实业救国""实业报国"著称的荣宗敬、荣德生兄弟，等等。

生于1963年的黄振荣，中等身材，脸庞俊朗，长得既儒雅又阳刚，富有激情又活力四射。黄振荣是从小听着《二泉映月》以及受荣氏家族"实业报国"精神熏陶慢慢长大的。聪明好学又充满英雄主义情怀的黄振荣，是在1981年考入浙江冶金经济高等专科学校（嘉兴学院前身）的。到学校报到的当天，他就只身来到了向往已久的南湖烟雨楼前，来到了停泊在那里的那条红船前。

黄振荣在红船前久久伫立着，60年前的那段光辉、庄严而又神圣的历史情景，犹如放电影一般，一幕幕呈现在他眼前。

1921年7月，中国共产党第一次全国代表大会由上海转移到这条红船上继续举行直到闭幕，从此庄严宣告了中国共产党的诞生。这是一条永远载入中国革命史册的红船，这是一条中国共产党的"母亲船"，她既是中国革命源头的一种象征，也是中华儿女心中永不褪色的一座精神丰碑。

刚刚接受完"红船"洗礼，黄振荣很快又被自己所在学校的光辉历史深深打动。那是1937年，嘉兴失守之后，嘉兴学院的前身、嘉兴中学校长张印通就带领全体师生走上流亡办学的道路。几经波折迁徙，历尽艰难，最终在丽水办起了一个简师班。1939年3月周恩来在浙西考察，出席浙西临时中学的开学典礼时盛赞："在此冠敌蹂躏遍地，炮火连天中，浙西中学乃有如此规模，为国家民族培育英才，诚教育界前途之好现象。"从宁波到梅城，再到嘉兴，嘉兴学院校址几经变迁，校名多次更换，但这种与国同运、孜孜向学的精神，一代代传承了下来，这是"为中华之崛起而读书"的慨然初心，也是作为嘉院学子必须传承的精气神。

正如嘉兴学院现任党委书记卢新波所说："一所大学能够留给学生什么，除了知识和素养，更为紧要的是精神，百年跌宕里走来，嘉院炽热的爱国情怀，已融入每一位学子的血脉。”

从小就聪明好学又充满英雄主义情怀的黄振荣，在“红船”精神感染鼓舞下，在嘉院“与国同运、孜孜向学” 的精神熏陶下，他心中拥有的这份爱国情怀完成了从量变到质变的转化，并由此而确立了远大的人生志向和宏伟抱负。正因为如此，嘉兴成了他梦想起航的地方，大学一毕业，他就怀揣一颗报效祖国的赤子之心，响应国家号召，主动报名申请加入支援西部大开发的建设行列，从此离开富饶美丽的家乡，毅然走向了青海高原，来到了青海铝厂。

这一年，黄振荣 21 岁。

21 岁，正值青春年华，本是可以徜徉于家乡的鼋头渚、梅园等风光旖旎之处，纵情陶醉于浪漫爱情的黄金年龄。

而黄振荣为了自己的报国情怀和理想信念，把一生当中最美好的青春年华，无私地奉献给了西部大开发事业。

1998 年，随着国家改革开放的不断深入，在青海奋斗了 14 年的黄振荣，回到家乡当起了民营经济的弄潮儿，经过近十年的摸爬滚打，他的企业越做越大，资本也越积越多。正当企业发展如日中天的时候，黄振荣获悉青海海东发现了 840 平方公里的富硒土壤，于是他提议重返青海，去开发富硒农产品。他的这一计划刚刚提出来，就遭到大家的一致反对，反对的理由很简单也很实际：“我们根本不懂农业，进入不熟悉的领域，不确定因素太多，风险也太大！”

知夫莫若妻，黄振荣想通过开发富硒农产品带动青海海东贫困地区的经济发展，使那里的贫困群众早日摆脱贫困，这一点，做妻子的心里十分清楚，但她同时认为，帮扶的办法和帮扶的道路多种多样，为什么非要选择一条冒险的道路呢？所以她也表示坚决反对。

但黄振荣认准了的目标和方向，是任何人也阻挡不住的。

硒，被全世界公认为是人体微量元素中的"抗癌之王"，富硒农产品比一般农产品价钱至少高出三倍。加上青海的地理位置优越，海拔高，光照时间长，又是三江源头，拥有得天独厚的自然环境，如果能借此带领海东贫困地区的农民都种上富硒农产品，岂不是一条脱贫致富的好路子？

黄振荣立刻带着资金和引进的人才，重新返回了青海。回到青海的黄振荣，立刻将目光牢牢地锁定在乐都区、平安区这片拥有富硒资源的土地，并很快在海东注册成立了青海宏恩科技有限公司，成立了富硒农产品科技攻关小组。

万事俱备，他们准备试种的第一个富硒产品是马铃薯。黄振荣与科研人员一样信心满满，希望通过攻关努力，让这片富含硒的土地早日变得富裕和美好，让乡亲们早日摘掉穷帽子。

然而，科研项目启动了，试验田却还没有一点着落。

任凭黄振荣和他的团队如何做说服动员工作，当地村民就是不买账，最后还是通过海东扶贫局和农牧局的领导出面做群众的工作，贫困户安祢贞才第一个拿出了他家的 15 亩地，作为科技攻关小组的试验田。黄振荣之后又承诺农户试种的富硒马铃薯全部按市场价上浮 50% 承包收购，这才陆陆续续获得了 2800 亩土地。

然而，好不容易解决了土地问题，没想到第一年试种的富硒马铃薯含硒量根本不达标，与市场上的普通马铃薯基本没啥区别。但为了兑现承诺，也为了试种研发顺利进行下去，公司按照与农户确定的承包收购价格收购了当年产的所有马铃薯，一下子损失

500 万元。

第二年，黄振荣除了在已有的 2800 亩土地上继续试种富硒马铃薯之外，又与海东市乐都区的高店镇、雨润镇和城台乡的农户进行合作，在新增的 2500 亩土地上试种富硒大蒜，这一年，黄振荣共计投进了 800 多万元。

这一年的试种实验最后又以失败告终。

接下来的第三年、第四年、第五年仍然没有取得成功。

眼看着当初从家乡带来的资金，像水一样流淌，已经所剩无几，妻子坐不住了："劝你别干你偏要干，再这样下去，咱们又要成为穷光蛋了。"

黄振荣却很淡定，也很从容："我重返青海的目的是什么？是为了我的理想和信念。钱花光了那又怎样？大不了咱们从头再来！"

为了尽快找到最科学的富硒马铃薯配方，黄振荣和他的科技攻关小组曾经试验了 1 次、2 次、3 次……当失败到第 100 次的时候，连黄振荣都有点动摇了。

这时候，反倒是最先给黄振荣拿出 15 亩地作为试验田的贫困户安祢贞给了黄振荣信心和力量，安祢贞说："黄总，我信你，只要你还在我们这里试种那个富硒马铃薯，我就一定跟着你！"

安祢贞不仅这么说，还时常开着他的拖拉机，不计报酬，不讲价钱地接送科研人员来往于田间地头。安祢贞和科研人员的行为深深感染和鼓舞了黄振荣，他不由得在心里暗暗发誓：哪怕经历更多的失败，哪怕最终搞到倾家荡产，也一定要把这个富硒农产品搞成功。

凭借这股置之死地而后生的决心和勇气，黄振荣与他的科研团队，在经历了整整5年、总计720次失败之后，终于在第721次实验的基础之上获得了成功，并由此取得了6个发明专利和15项科研成果，不仅如此，黄振荣公司研发的富硒马铃薯和富硒大蒜地方标准，还被原农业部组织的专家评审组确定为国家富硒行业产品标准，黄振荣的公司也被青海省评定为高新技术企业和科技创新型企业。

安祢贞是第一个跟黄振荣合作的农户，也是第一个尝到富硒科技甜头的贫困户。如今，他家除了种植自家原有的那15亩富硒马铃薯之外，还另外承租了100多亩地种植其他富硒农产品，他家的年收入更是呈现出几何级的增长，不仅一举摘掉了贫困户的帽子，还成了当地有名的富裕户。

安祢贞如此，其他贫困户也同样因为跟随黄振荣种植富硒马铃

黄振荣（中）在检查富硒黑蒜产品质量

薯和富硒大蒜，走上了脱贫致富的阳关大道。

富硒马铃薯和富硒大蒜获得成功之后，2015 年，黄振荣在乐都区扶贫产业园注册成立了青海恩露生物科技有限公司，开始踏入富硒农产品深加工领域。同时，依托当地盛产紫皮大蒜的优势，公司于 2015 年在乐都区建成年产 1000 吨富硒大蒜系列产品生产线和富硒马铃薯、富硒杂粮深加工基地，正式形成了“公司标准 + 农户种植 + 基地加工 + 市场营销”的科技扶贫模式。

为保证原料供给，黄振荣的公司不仅与广大种植富硒大蒜的农户直接签订了订单协议，而且还免费为贫困户提供种子和技术培训，此举直接带动了周边 3800 多人脱贫。通过这种保底订单收购，乐都区蒜农的收入从 2013 年的每亩 3500 元增加到 2017 年的 1.2 万元。公司发展最好的时候，还吸收了 89 名贫困户就业，每人年收入超过了 3 万元。

黄振荣在践行自己的理想信念过程中，始终遵循“授人以鱼不如授人以渔”这样一条原则。他说：“只有帮助、教会农户种植，才能让农户享受到科技时代的福音。”

除此之外，随着产能的不断扩大，公司需要的产业工人和营销人员越来越多，大大解决了当地贫困农户的就业问题。

目前，黄振荣的公司在富硒大蒜主要种植基地成立了农民专业合作社，让种植大户、技术能手、贫困农户加入合作社，发挥各自特长，带动农户发展富硒大蒜种植。与此同时，公司与乐都区具有实力的几家大蒜专业合作社、大蒜经纪人都建立了长期的合作关系。

经过数年的产业扶贫和科技扶贫，截至 2018 年，黄振荣的公司在省、市、区扶贫、农牧、工信、发改委等部门的大力支持下，

黄振荣（右）查看基地大蒜生长情况

已经免费向基地农户累计发放蒜种 501.72 吨、各类肥料 293.33 吨、杂粮种子 12.27 吨，带动了海东市平安区三合镇，乐都区高店镇、城台乡、下营乡、峰堆乡、共和乡、瞿昙镇、寿乐镇等 8 个乡镇 24 个村 3781 户 1.15 万人脱贫致富。另外，公司已经累计培训农户 1.5 万人次，企业直接吸收劳动力 200 余人，间接吸收劳动力 3000 多人，劳动力直接收入达 800 余万元。

如今，在青海海东的公路上，一辆辆满载富硒农产品的车辆驶向四面八方，整个海东市的农业种植户们也逐渐改变了传统的种植思路，慢慢开始朝着多元化种植的方向阔步前进，更多的农户感受到了家乡正在发生的翻天覆地的变化。

嘉兴南湖，是中国共产党扬帆起航的地方。

同样的，嘉兴南湖也是黄振荣梦想出发的地方……

如今停靠在嘉兴南湖烟雨楼前的那条红船，尽管已经停靠在历史深处，但从未停止行驶，而是照耀着一代又一代的中国共产党人，带领全国各族人民，从昨天一路乘风破浪，驶向了今天。它还将照耀着一代又一代的中国共产党人，带领全国各族人民，驶向更加美好、更加灿烂辉煌的明天。

姜仕坤：农民的儿子

一个县委书记时常强调自己是农民的儿子，其体现出来的，不仅是不忘初心，也是给自己明确了一种定位，更彰显了一种责任担当。有了这样的站位，他会时时刻刻牢记，他手中所掌握的这份权力是用来真心实意为人民服务和谋取福利的。有了这样一种胸怀，他会时时刻刻把人民群众的利益放在首位，会时时刻刻把人民群众的温饱冷暖挂在心上。当年河南省兰考县的焦裕禄、林州市的谷文昌如此，如今贵州省黔西南州晴隆县的姜仕坤也是如此。

姜仕坤 1969 年 12 月出生在贵州黔西南布依族苗族自治州册亨县大山深处的一个普通苗族农家，他在家排行老二，上有一个哥哥，下有两个弟弟。在父母亲和村里长辈眼中，他从小就聪明机灵，肯吃苦，很善良，说话做事也总是有条有理的，特别讨人喜欢。三岁看大，七岁看老。村里人都认为仕坤这伢子，将来是一块干大事的材料。

姜仕坤是在 2014 年 9 月正式履职晴隆县委书记的。当时的晴隆，是贵州西南部最贫穷的小县，有“晴隆穷甲天下”之说。全县 181 个行政村有 122 个是扶贫开发重点村，贫困发生率超过 50%。晴隆接下来会怎么走，又应该怎么走，对此，晴隆的许多干部都很迷茫，这也让姜仕坤非常明显地感觉到工作开展起来十分艰难。

究竟应该从何处入手，来破这个局呢？

首先必须提振广大基层干部的士气。

“我们承认落后，但不能甘于落后！”姜仕坤的这句话掷地有声，既是一种信心信念的鼓舞，也是他向全县领导干部发出的动员令。

“好个晴隆县，白天停水，晚上停电。”这是晴隆县城老百姓编的一句顺口溜。而晴隆县城从交通设施到整体规模布局，基本上跟一个乡镇差不多，甚至都不如其他县市一个像样的乡镇。

姜仕坤决定，就以解决晴隆县城老百姓用水难、用电难以及县城扩容等问题，作为他在晴隆全面开展工作的切入点。

很快，项目从省里争取来了，资金也通过各种努力落实下来了。

县城用水难的根本原因是县城位置高，需要五级提水，成本太大，费用太高，那就推动西泌河水库水电建设，用发电收入补贴城市用水，县财政再挤出一部分，就这样，水费降了，自来水供应正常了。

县城用电难的主要问题，是因为晴隆没有变电站，那就通过大力推动城市电网改造，建一座 110 千伏的变电站和 220 千伏的变电站，彻底改变以前一处停电全城熄灯的状况。

县城扩容改造遇到拆迁难问题，“我是农民的儿子，我知道他们的想法。”姜仕坤一次次走到征拆户中间，一遍遍跟他们讲解县城扩容的目的和意义，一遍遍掰开手指头，跟大家一笔一笔算细账。回到办公室，又一遍遍修改完善拆迁方案，最终在兼顾各方利益的基础之上，圆满解决了这一问题。

不久，县城面积从 1.7 平方公里扩大到 6 平方公里，人口翻了一番，不到 6 米宽的车道，变成了干净清爽的沥青路，车行畅通有序，道路两边的商铺鳞次栉比，各具特色，这也为姜仕坤下一步利用“二十四道拐”这张厚重的历史名片大力发展旅游产业奠定了良好的基础。

“石缝种苞谷，只够三月活。姑娘往外嫁，媳妇讨不着。山谷石头箐，水远石头硬。要想吃大米，除非生大病。乱石旮旯地，土少地又薄。春耕 大坡，秋收几小箩。”

这首在晴隆农村广为传唱的民谣，唱出了晴隆自然环境的恶劣。为了改变这一恶劣的生态环境，早在2006年，晴隆县就在有关专家的建议指导之下，在这种喀斯特地貌特征异常显著地区推行了种草养羊的做法，这样做，既是一种产业扶贫，另外也有利于整治生态环境。这种做法曾经被国务院扶贫办誉为“晴隆模式”。只是由于种种原因，始终没有形成气候。

应该说，这是一本好经，之前的晴隆人只是没有把它念好，没有真正念出预期的效果来。

“我是农民的儿子，我应该为晴隆的种草养羊竭尽全力。”

姜仕坤下决心一定要把这本经念好，而且一定要念出真正的成效来。为此他立刻当起了“羊司令”，用他的话说就是，“想让百姓养羊，自己先得懂羊”。原本酷爱读书的他，买来了大量专业书籍，刻苦学习和钻研养羊的知识和技术，与此同时，他又专门去拜访了晴隆有名的羊倌张大权。

张大权曾经是晴隆县畜牧局的一名普通技术员，二十多年前贷款养羊，几年时间就成了当地有名的养羊大户。也就是从那时起，晴隆才开始探索养羊扶贫的路子。在张大权的带动下，晴隆羊养殖经过二十年的发展，已经在育种、繁殖、经营上成效显著，成就了一批养羊大户。

姜仕坤首先问张大权："咱们县的种草养羊，曾经被国务院扶贫办誉为'晴隆模式'，你觉得它得不到全面铺开的原因到底在哪里？"

张大权回答："咱们推广这种做法的时候，采取的办法是由扶贫资金补贴，县草地中心提供种羊和草料借给农户养，产出的羊羔归农户所有。这种方式虽然解决了启动资金的问题，但是它的回报周期长，养殖风险高，产权不明晰，销售得不到保障，收益得不到保障，所以积极性普遍不高。"

离开张大权，姜仕坤又分别赶往大田乡以及地处偏僻、山路崎岖的长流乡，进行实地考察调研。在去大田乡的路上，姜仕坤首先听到了"兰蛇的鸡不啄米"的故事。说的是，一个商贩去兰蛇坡村买鸡，拉到晴隆，故意让鸡饿上一晚，第二天准备卖的时候，

姜仕坤（中）在晴隆县光照镇与养羊户交流

就抬了半盆米来喂鸡，他想让鸡吃得胀鼓鼓的，到时候可以多卖一点钱。谁知道，一笼子鸡都不啄米，让这商贩哭笑不得。商贩灵机一动，去市场买来几斤苞谷米，鸡却抢着啄个不停。于是，兰蛇鸡不会啄米就成了封闭与贫穷的笑话传开了。兰蛇坡村的鸡因从未见过米，不知道大米是可以吃的。由此可以想象人穷到什么地步了。

而姜仕坤接下来要去的长流乡，则是很多干部所形容的“来了就不想回去，回去就不想再来”的地方，其贫困状况同样不言而喻。

晴隆的现实状况，让姜仕坤揪心，让他感觉身上的担子太重太重，也更坚定了这个农民的儿子，要为晴隆老百姓的脱贫致富殚精竭虑、鞠躬尽瘁的决心。

从县长到书记，姜仕坤在晴隆整整干了6年。晴隆人眼里的姜仕坤，勤勉，朴素，踏实，从来没有一点官架子，但干起工作来，却风风火火，精力充沛，令行禁止，说到做到，一往无前。一句“我是农民的儿子”，使他始终不忘初心，善于担责，勇于担责，始终把老百姓尤其是贫困山区的父老乡亲的吃穿住行、安危冷暖放在心上，矢志不渝地带领全县干部群众奋战在脱贫攻坚战的第一线。

在晴隆的6年时间里，没人知道他总共下了多少次乡，爬了多少座山，只有他的司机朱黎家对照着里程表算过一笔账：6年时间，行驶里程60万公里，平均每天要在车上行进200公里，至于攀高爬低，过涧过坎，以及田间地头总共走了多少路，已经根本无法计算。

从外表看，人们只知道他永远都风风火火，精力充沛，只知道他喜欢穿宽松的衣服鞋子，只知道他才40岁出头，两鬓已经斑白，背也有些微驼，却很少有人知道，因为重度痛风，他每次都是带着速效救心丸翻山越岭，爬山入村。严重的痛风更是经常折磨得他整夜整夜不能安睡。医生每次给他的建议和叮嘱都是：按时服药，千万不能劳累……

可是，他每天的工作日程却排得满满当当，他每天要干的工作，要操的心，要处理的事情，一个接着一个，一件接着一件，他每天平均工作时间接近 18 个小时，很多时候，都已经是夜里 12 点之后了，他的办公室或者他的卧室还亮着灯，他还在与各职能部门的负责人研究商量着下一步的工作……

为了念好种草养羊这本经， 从张大权那里找到问题的答案之后，姜仕坤不仅刻苦钻研养羊知识，还经常深入田间地头，去当宣传员，去解决乡亲们遇到的每一个实际问题，真正做到与乡亲们风雨同舟，休戚与共。他之所以把大量时间精力用在这方面，是因为他早已经充分认识到，只有把晴隆的普通农户都发动起来，都加入山地种草养羊的行列里来，才能最大限度地发挥脱贫致富的实际效应。

另外，无论工作多忙多累，姜仕坤都要抽时间去正在建设当中的海权肉羊加工厂的工地现场，去看看工程的进度，去了解施工当中有哪些问题需要他协调解决。他跟董事长托尼是好朋友，他们第一次见面的时候，正处在海权肉羊加工厂项目前期启动阶段，在双方的共同努力下，晴隆县与海权肉羊加工厂很快签署了战略合作协议。作为一家集屠宰、排酸、分割、真空包装、速冻、冷藏为一体的现代化一流肉羊加工厂，它一旦在晴隆竣工投产，无疑将深化和拓展“晴隆模式”的内涵和外延。晴隆可以依托这个平台，把种草养殖生态肉羊的模式推向全州、全省乃至省外，为黔滇桂三省区的石漠化治理、科技扶贫提供实践基础和参照模式，为现代生态农业的发展探索出新路，形成真正的生态农业产业化发展链条，节省生产、加工、销售的中间成本，实现企业与养殖户的利益最大化。

因此，海权肉羊加工厂的建设进度是他那段时间最牵挂的一件事情。

2013 年 9 月，海权肉羊加工厂正式建成投产，为种草养羊的乡亲们解决了销售的后顾之忧，大家的热情和积极性自然也就跟着高涨起来。现在，种草养羊已经正式成为晴隆县治理石漠化、实现群众增收的双赢产业。

四川剑阁县有“一夫当关万夫莫开”的剑门关，贵州晴隆同样有雄、奇、险、峻的“鸦关”，意思是指乌鸦都飞不过的关隘，后来改叫“二十四道拐”，二战期间又叫“抗战公路”。它起于大水沟，盘旋于晴隆山脉和磨盘山之间的斜坡上。站在晴隆山观景台往下俯瞰，若是有雾，一层薄雾在山腰飘浮，二十四道拐像巨龙在雾中舞动，其宏大，其壮观，其奇妙，无不让人叹为观止，流连忘返。而在反法西斯战争中，占住了这条交通线，就意味着扼住了战争的咽喉，这是一条决定中日双方战争胜负和民族命运的公路。

为了发展晴隆县的旅游经济，姜仕坤力排众议，决定以二十四道拐为历史引领，以其独特的地形地貌和文化资源，再结合那场波澜壮阔的反法西斯战争，引进战略投资者，把二十四道拐打造成一个二战遗址公园，并通过努力讲好二十四道拐故事，力争创造出一个国际化的旅游品牌。

同时又以中央电视台、八一电影制片厂与贵州电视台联合拍摄

晴隆“二十四道拐”盘山公路

电视剧《二十四道拐》为契机，相继打出电视剧拍摄、旅游开发、汽车拉力赛等一系列组合拳，尤其在使晴隆成为自驾者的标配旅游地上面下足了功夫。

晴隆人做梦都没有想到，二战遗址公园建成之后的第一个国庆黄金周旅游假期，每天会有3万多人涌进这个曾经被称为“穷甲天下”的晴隆小县城，全县的旅游综合收入达到13225万元。其中，那段被称为“抗战生命线”的著名公路晴隆二十四道拐每天就要接待游客近万人次。

截至2015年底，晴隆县的贫困人口从16.19万人减少到7.91万人，贫困村从122个减少到60个。

2015年11月，党中央国务院吹响了坚决打赢脱贫攻坚战的冲锋号。

2016年初，脱贫攻坚战在黔西南州打响，各县市都与州委签下军令状。

晴隆县脱贫攻坚战的奋斗目标是，到2018年，所有贫困乡镇全部实现“摘帽”，贫困村全部出列，贫困人口全部脱贫。而这时候姜仕坤记事本上所记录的全县具体情况是：“长流乡，还有贫困村6个，贫困人口9020人，贫困发生率

32.8%；中营镇，还有贫困村 8 个，贫困人口 11752 人，贫困发生率 48%；大田乡，还有贫困村 6 个，贫困人口 6865 人，贫困发生率 41.8%；三宝乡，还有贫困村 3 个，贫困人口 2900 人，贫困发生率 51.7%……”

对于姜仕坤来说，晴隆县的脱贫攻坚仍然任重道远，他还要以更饱满的激情，以破釜沉舟的勇气和决心，以时不我待、只争朝夕的精神，坚决响应党中央国务院的号令，坚决打赢这场脱贫攻坚战。

然而，严重的痛风也在时时刻刻折磨着姜仕坤，每天超负荷的工作，严重的体力透支，更是在不断消耗着他的身体能量。

2016 年 4 月 5 日，正在兴义开会的姜仕坤再次感到身体不适。在妻子的强烈要求下，他不得不去了医院，然而，还没等医生把最后的检查结果交给他，他就在匆匆挂了一瓶营养液之后，风风火火地赶回了晴隆。

“只要还有一个晴隆人没有脱贫，我这个县委书记就不能休息。”

2016 年 4 月 12 日，姜仕坤在广州出差期间，突发心脏病，虽经全力抢救，最终却还是永远离开了人世，他宝贵的生命蜡炬也因此永远定格在了这一天。

姜仕坤的这支生命蜡烛距离它的尽头，本还很远很远。他只要认真听取医生的建议和叮嘱，稍稍放慢一下脚步，稍稍将养一下自己，他甚至只要多想一想年过八旬的母亲，想一想自己至今还没有好好报答父母亲的养育之恩……他原本是可以活得更久远一些的，只可惜，在使命担当与生命长度面前，他义无反顾地选择了前者，最终累倒在了他为之不懈奋斗的脱贫攻坚道路上……

回顾姜仕坤短暂的一生，除了说“我是农民的儿子”，他很少表态，更没有任何豪言壮语，无论在晴隆，还是之前在基层，在其他县任职期间，他始终都是用自己的实际行动履行自己入党时的誓言……

作为县委书记，他对年迈的父母亲说得最多的话是：“郡县治，天下安。自古忠孝难两全，我只能请父母双亲恕儿不孝了……”

作为县委书记，他对兄弟说得最多的话是：“我的权力是党和人民给的，我只能做一名称职的人民公仆，但不能用它来为亲人谋取私利……”

作为县委书记，他对妻子说得最多的话是：“老婆对不起！我实在太忙，没时间陪你，等我退休了，我一定把欠你的全部补上……”

作为县委书记，他对女儿说得最多的话是：“知识改变命运。希望你多读书，读好书。也希望有机会，我们能多回几次册亨老家，给你爷爷奶奶多挖几笼红薯，多摘几筐苞米……”

焦裕禄42岁那年被肝癌夺走生命。在河南省兰考县老百姓的眼里，焦裕禄不仅是书记，更是他们的贴心人，是他们的老朋友。当地很多上了年纪的老人，一提起焦裕禄，仍然还是跟当年一样，亲切地称呼他“老焦”。

贵州晴隆县的姜仕坤同样把群众疾苦挂在心上，足迹踏遍晴隆县所有乡镇、村居，无论走到哪里，他总是和老百姓算经济账、图脱贫策，不遗余力地发动群众种草养羊，不断努力发展山地特色经济，晴隆的老百姓都亲切地称他为“养羊书记”“农民书记”“算账书记”。

蓝标河：燃烧自己照亮他人

贫苦是一所学校。有的人在这所学校学会了安分守己、安于现状、不思进取、随波逐流，心中充满了怨气、戾气与愤愤不平；有的人则在这所学校学会了刻苦耐劳、勤奋上进，磨砺出了坚硬坚强、坚忍不拔、勇往直前的宝贵品格，最终交出了一份闪光亮丽的人生答卷。

蓝标河属于后者。

蓝标河 1974 年出生在广西都安瑶族自治县地苏镇丹阳村一个普通农家。

从空中俯瞰，蓝标河家乡的那条地苏河，宛若一条碧绿的玉带，两岸田野如同玉带上的翠绿宝石，漂亮的民居点缀在玉带与宝石之间，构成了瑶乡一幅如诗如画的写意山水画卷。

然而，蓝标河降生到这片美丽土地上的时候，丹阳村还是当地有名的贫困村，他的家庭更是穷得一贫如洗，经常吃了上顿愁下顿，全家人每天勉勉强强只能凑合吃上两顿饭。蓝标河就是在这样的贫苦生活中慢慢长大的。

地苏河的水清澈，地苏河的水甘甜，地苏河养育了蓝标河，但地苏河不属于蓝标河，他有更广阔的人生舞台，他必须大鹏展翅般飞出去。

1993 年，作为丹阳村第一个大学生，蓝标河带着自己的理想，真的张开翅膀飞了出去。因为品学兼优，蓝标河读大三的那年，就成功通过党组织的考察，成为一名光荣的中国共产党党员。

1997年，蓝标河带着优异的成绩走出大学校门，一步跨入了广西社会科学院，从此迈上与文字为伍、以思想为业的人生新台阶，虽然不敢说有“挥斥方遒，激扬文字，指点江山”那种豪情与豪迈，却也充满了风华正茂的书生意气。

2003年，社科院要选派一名年轻干部到定点扶贫县大化瑶族自治县开展扶贫工作，蓝标河知道情况后，主动报名说：“我是院里最年轻的共产党员之一，还是让我去吧。”

领导同意了。新婚宴尔的妻子林苹却噘起了嘴巴：“你傻呀，刚离开大山，现在又要回去？”蓝标河呵呵一笑：“你要是知道我小时候的日子是怎么苦过来的，你就能理解我现在的心情了。”

就这样，蓝标河去了大化瑶族自治县。

那时候扶贫工作的重点，主要还是资金扶贫、项目扶贫，也就是所谓的“漫灌式”扶贫，又叫“输血式”扶贫。这其中最核心的要素，就是尽快改变贫困地区经济、社会和文化的落后面貌，加快贫困乡村的基础设施改造、道路交通改造建设和希望工程建设等。

从本单位到自治区教育厅、交通厅、水利厅、希望工程办公室……四年来，蓝标河通过实实在在的努力，为大化瑶族自治县办成了许许多多的实事，解决了许许多多的问题。他的努力也因此得到了方方面面的肯定和称赞，获得了许许多多的先进荣誉称号。在这许许多多的荣誉称号里面，蓝标河最看重的是“优秀共产党员”这六个字，他认为这是他的初心使命获得组织和人民群众认可的一个标志，他会在这种激励之中更加砥砺前行。

由于蓝标河工作作风勤勉踏实，又年富力强，为了更好地推动大化瑶族自治县的扶贫工作，也为了让蓝标河更好地为大化瑶族自治县的扶贫工作积极建言献策、贡献力量，2012 年 11 月到 2014 年 1 月，上级让他挂任大化瑶族自治县副县长。

2014 年 9 月，蓝标河被调入自治区扶贫办。

调入自治区扶贫办之后，蓝标河就立刻被委以重任——负责组织实施全区 54 个贫困县的考核工作。对于蓝标河来说，他的职务变了，但他的工作性质没有变，他的使命担当没有变。如果非要说有变化的话，那就是他肩膀上所挑的担子变得更重，他的压力变得更大了。

要完成全区 54 个贫困县的考核工作，首先就要建立起广西扶贫成效考核体系。然而当时全国的考核体系仍处于探索阶段，没有先例，也没有参考。

那就撸起袖子，一切从零开始。

第一步，首先认真学习领会习近平总书记关于开展扶贫工作的重要指示精神和一系列理论阐述，在此基础上，再逐字逐句研究学习中央有关文件精神，这些是最根本、最纲领性的指导思想和理论依据。

接下来就是结合广西的具体情况，落实各项具体的考核指标。由于考核指标涉及部门众多，蓝标河就带队挨个拜访沟通，交流协调，争取形成共识。为了让这套考核体系更全面，更完善，更接地气，蓝标河又把工作下沉，多次带队到各个贫困县进行模拟考核，进一步听取基层扶贫干部的意见和建议。

在最终拟定这份考核体系的过程中，蓝标河一个字一个字推敲，一个字一个字琢磨，从第一稿开始，到最终确定行文，蓝标河几易其稿，他全部所写的稿子，借用广西扶贫办监测统计处钟燕的话说，“堆起来都有我一个人这么高了”。

蓝标河为此付出了很多的汗水和心血，由此可见一斑。

2015 年，全国扶贫工作进入第三阶段，也就是党中央提出实施的“精准扶贫”阶段。

如何完成党中央国务院的战略部署，彻底打赢这场脱贫攻坚战，是全区上下共同面临的课题。而广西扶贫办，无疑是这场攻坚战的排头兵。广西扶贫办的首要任务就是尽快制定和完善具体的作战目标和实施细则，其中“精准识别入户评估表”就是最关键的一项。

目标任务明确之后，蓝标河和他的战斗团队就立刻进入战时状态。他们既分工明确，又团结协作。他们白天分头到各地区、各部门进行实地走访，收集掌握第一手材料，然后再利用晚上时间，加班加点将农户贫困程度细化为住房、种养、务工、健康等几十项指标，进行集中梳理、分析，逐一细化，反复核实论证和讨论，最终让这一套精准识别方案尘埃落定。

紧接着，在蓝标河以及他的工作团队夜以继日的共同努力之下，广西扶贫成效考核、第三方评估协调工作和脱贫摘帽验收等，也相继陆续实施。

2016 年，广西扶贫成效考核成绩位列全国第一方阵，其中第三方评估成绩居全国第一。2017 年，蓝标河又牵头起草了全区扶贫调研和督查文稿，主持完成多份脱贫攻坚分析报告，为广西壮族自治区党委和政府在许多重大战略决策上面提供了强有力的参考依据。

而所有出自蓝标河之手的这些考核、调研、分析数据，基本上都是蓝标河深入扶贫工作第一线考察得来的，他真正做到了“从实践中来，到实践中去”。据不完全统计，仅 2017 年一年，蓝标河就到过 20 多个县，走访了近 100 个村、400 余户农户。

为了使命担当，为了彻底打赢这场脱贫攻坚战，蓝标河每天的工作日程表都排得满满当当。一想到身上的担子，一想到还有那么多的工作正等待自己去干，去完成，他不敢有丝毫懈怠和放松。

融安县是自治区级贫困县，计划在 2018 年脱贫摘帽，任务非常艰巨。自治区扶贫办作为融安县的后盾单位，计划选派一名得力干部帮助融安县脱贫，在征求蓝标河的意见时，蓝标河主动请缨，愿意承担这份重任。

回到家里，跟妻子林苹一说，林苹掉下了眼泪。南宁到融安，一个来回将近 700 公里，家里老的老，小的小，万一有个三长两短，林苹一个人根本顾不过来，所以她恳请蓝标河考虑一下家里的实际状况，不要去融安。

蓝标河皱起了眉头：“现在是全国脱贫攻坚的关键时期，我是一名党员，又是扶贫办干部，我肯定要带这个头啊。”

从来没有在工作上拖过蓝标河后腿的妻子再也忍不住了：“扶贫扶贫，你心里只有扶贫。你一个正处级干部，到现在还带着老婆孩子跟岳父岳母挤在一套旧房子里。你为什么不先给你自己扶扶贫？这么多年下来了，你问过儿子的冷暖没有？你带儿子去过一次公园没有？你知道儿子在想什么，需要什么吗？我，你的老婆，跟你结婚这么多年了，你又给过我什么了？如今父母亲都快八十了，他们的身体都不好，都需要人服侍照料，我一个人，又要上班，又要照顾老又要照顾小，我是实实在在照顾不过来，才对你开这个口，才希望你留下来，为我稍微分担一点点的……你说，我这个要求过分吗？”

面对林苹的数落，蓝标河低头沉默，无言以对。又岂止是无言以对，应该是无颜面对。对妻子林苹，他不是一个好丈夫。对儿子，他不是一个好父亲。对岳父岳母，他不是一个好女婿。两位老人家身体越来越差，大毛病不少，小毛病不断，同在一个屋檐下，别说经常侍奉左右，端水端药，就连嘘个寒，问个暖，他每次也都是例行公事似的……一想起这些，他心里就全都是愧疚。百善孝为先，他能过得了这个心坎吗？

蓝标河陷入了深深的自责、矛盾与痛苦之中。究竟应该何去何从，他真的左右为难了。那一夜，他在床上辗转反侧，难以入眠。

那一晚，妻子林苹也是彻夜无眠。丈夫虽然什么都没有说，但他的心思，她全清楚。他是在贫苦中长大的，也是从贫苦中慢慢成长起来的。他自己穿的衣服是“新三年旧三年，缝缝补补又三年”，生活特别俭朴，但他每次见到贫困的孩子，都会倾其所有，给予帮助。对于他所从事的扶贫工作，他更是倾尽全力……如果他这次没有去成融安，他心里肯定憋屈，肯定难过。丈夫心里不好受，做妻子的又怎么好受？唉！

这一声叹息意味深长，有抱怨，有无奈，有体恤，是真正的爱恨交加。

就这样，蓝标河于 2018 年 3 月 19 日，正式到融安县报到，挂任融安县委常委、副县长，兼任广西壮族自治区赴融安县“美丽广西”乡村建设（扶贫）工作队队长。

蓝标河之前曾多次到融安调研考察过，对该县的大致情况，心里早有了了解，所以他一到那里，就立刻进入角色，从推进基础设施建设到产业项目扶持，从危旧房改造到易地移民搬迁，所有这一切他都一一抓落实，抓指导，抓督促，抓考核。与此同时，在他的推动下，县里制定推出了全县脱贫摘帽预考核工作方案，方案科学客观，可操作性强。另外又很快建立了“扶贫日”和“干部夜访”制度，用制度化推进加快脱贫攻坚的步伐。

“脚下沾有多少泥土，心中就沉淀多少真情。”习近平总书记的这句话，始终都是蓝标河开展扶贫工作的精神食粮和行为指南。到融安短短的一个月时间里，他就走遍了融安的 34 个贫困村。仅大坡乡他就去了 4 次，先后到了同仕村、福下村、星下村等多个村屯，入户走访帮扶户，倾听他们的声音，了解他们的实际困难。同仕村同仕屯的贫困户黄德连是蓝标河的结对帮扶对象，黄德连

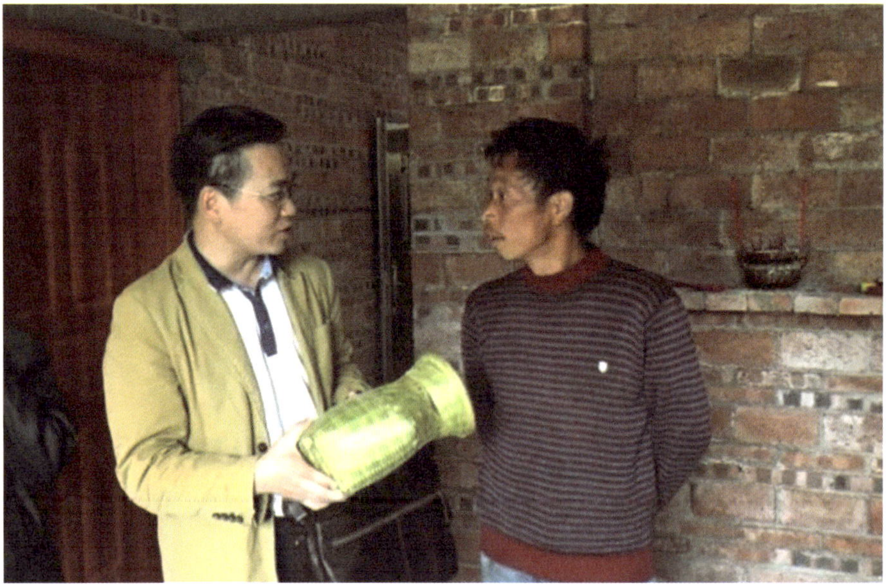

蓝标河（左）走访广西融安县同仕村贫困户

说，蓝标河到他家来过好几次，帮扶手册上还留有他的签名。蓝标河帮他家协调落实危旧房改造款，并帮他制定落实了养鸡项目产业规划。蓝标河去世前一天还到过他家。他对黄德连说：“我经常来你家，就跟走亲戚一样，你有什么困难，有什么需要解决的事情，尽管跟我说。”

如今，黄德连养了600多只“大坡飞鸡”，一家7口住上了新房，已经成功实现脱贫。

离开黄德连家，蓝标河又拎着事先准备好的鸡肉、猪蹄等熟食，叫上几个村民，一起走进了贫困户韦桂连的家。他和大家围坐在一起边吃边聊：

“今天主要是来和大家一起商量落实一下，咱们今年具体都要干点啥。”

“黄启广，你会编竹编，就要顺着这个路子走下去，到时候我来帮你推销，收入一定没问题。”

“黄永礼，这几年金橘产业前景好，只要把品质搞上去，肯定不愁卖。”

……

按照工作日程安排，离开同仕屯，蓝标河就必须立刻赶回南宁，因为第二天自治区扶贫办还有一个重要的协调汇报会等着他。回到家里，蓝标河顾不上喘口气，又开始连夜整理赶写第二天的会议汇报材料，写着写着，他的人就不动了……

他就这样永远倒下了……

哥哥蓝标松眼含热泪回忆说：“父亲的忌日是4月13日，本来是定好这一天给父亲上坟的。但因为考虑到13日是融安县的扶贫日，所以他考虑来考虑去，只能跟我协商，把祭奠的日子推迟一下。14 日下午五点多钟，标河还打电话给我，还询问了一些给父亲祭祀的具体事宜，我当时就感觉他的嗓音有些沙哑，声音也没有以前那样大，我当时还提醒他，一定要注意身体，没有想到，仅仅过去几个小时，他就不在了……”

冷菊贞：把民俗做成产业

在黑龙江省双鸭山市市场监督管理局，只要一提冷菊贞的名字，那是无人不知，无人不晓。

冷菊贞在单位负责宣传工作，她的笔杆子随便一动，一篇文章就能新鲜出炉。其中《留住没有文字的声音》《采山的汉子在桃源》等文章，更是图文并茂，对挽救民族文化，宣传地方生态保护和绿色文明发展，起到了积极的推动作用。

罗丹说："美是到处都有的，对于我们的眼睛，不是缺少美，而是缺少发现。"

从这个角度出发，具备发现美的眼睛至关紧要。

冷菊贞就具备了这样的一双眼睛，她不仅文章写得好，摄影方面也是一把好手。她镜头下的《赫哲渔人》等一系列摄影作品，就很精准地将赫哲族人的粗犷豪爽、热情奔放，以及对生活充满热爱和向往的那股精气神，做出了非常完美的艺术定格。

2015 年 11 月，党中央国务院向全党全国人民吹响了脱贫攻坚的冲锋号，当她得知局里要选派一名扶贫干部到饶河县西林子乡小南河村当驻村第一书记这个消息之后，便主动请缨，要为家乡的脱贫致富贡献力量。

局领导将信将疑："扶贫工作不是写文章，不是拍照片，你可要想好了呀。"

冷菊贞莞尔一笑："我既然提出申请，肯定已经想好了。"

冷菊贞就这样成为全省 3492 名驻村书记当中的一员，到饶河县西林子乡小南河村走马上任了。

小南河村位于乌苏里江畔，大顶子山下，著名歌唱家郭颂演唱的《乌苏里船歌》当中唱到的“白云飘过大顶子山……”就在这里。

小南河村是双鸭山市乃至黑龙江省出了名的贫困村。全村 226 户，664 口人，村里虽然有近两万亩的土地，但大部分都是贫瘠的岗子地，靠传统种植致富基本没有可能。

冷菊贞信心满满来到小南河村，没想到，在村干部的陪同下，第一次与村民见面，就遭遇了下马威，她刚开口讲话，一位村民就打断她：“你就是俺们村新来的扶贫干部？”冷菊贞点点头说是的。“听说你是带了扶贫款来的？”她笑着摇摇头说：“我一分钱都没有带，我只带来了党和国家的扶贫政策，我就是来带着大家干事的。”那位村民马上撂脸子：“没带钱你来干啥玩意儿？”说完这句话，立刻扬长而去。

小南河村原本就落后、封闭、贫困，一到冬天，村民们便喝酒成风，赌博成瘾，借此打发漫长无聊的严寒冬日。小南河村是远近闻名的“大酒罐子”，每家每户至少有两口能装 200 斤的大缸，一口缸用来装水，另外一口缸则用来装酒。大家一上桌子，就比赛看谁能喝，喝得越多，越显英雄本色。村民毛志江就是其中最典型的代表。他几乎天天与酒为伴，不仅是有名的酒鬼，还是出了名的懒汉。他和一些村民有时一天要赶三四个酒场，经常喝到不省人事……

冷菊贞新官到任后的“三把火”，第一把火就从整治小南河村的酒风、赌风开始。毛志江第一个不服。他瞪大眼珠子质问冷菊贞："这冰天雪地的，你不准俺们喝酒，你还让不让老百姓活了？"

冷菊贞反问毛志江："你看你现在活得还像个人样子吗？"

毛志江并不是一盏省油的灯，他粗门大嗓道："俺倒是想活出个人样子，可是你能给俺指出一条活路来吗？"

"路在你自己脚下。"

"拉倒吧你。俺们这个村，上头派那么多大老爷们来都没能整出名堂，你一个女秀才，能整出个二五六来？"

"饭是一口一口吃出来的，路是一步一步走出来的。你一步都没有走，怎么知道走得通走不通？"

"君子欲讷于言而敏于行"，但冷菊贞认为，自己想要在小南河村开好局，打响第一炮，却必须"言行"合一。冷菊贞所展现出来的这种从容、自信与优雅的气度，让毛志江的声音不得不变得柔和起来。

"可你总得告诉俺，这路该咋个走法吧？"

冷菊贞笑了："如果村里建一个辣椒酱厂，你愿不愿意入股？"

毛志江的眉毛耸动起来了，别说，这还真是一个好主意，小南河村人爱种辣椒，各家各户多的就是辣椒，如果真能把村里成山成堆的辣椒集中起来，然后做成辣椒酱，这应该是一个增加村民收入的好法子。

"此话当真？"

冷菊贞点点头："军中无戏言。"

毛志江一拍胸脯："行，从今往后，俺就听你的话，就跟着你干了。"

毛志江说到做到，村里建辣椒酱厂，他第一个入股。之后他还从亲朋好友那里借了钱，买了40只母羊，每天从早忙到晚，用他的话说就是："生活有了奔头，再苦再累都乐意。"

如今，小南河村投资200万元的现代化标准辣椒酱生产厂已正式建成。厂里生产的"南河冷菊"辣椒酱，其味微甜、辛香，冬天蘸着它吃热气腾腾的大馒头，吃得人暖暖和和，浑身直冒热汗。仅此一项，就给村民们带来了相当可观的经济收益。

作为一个摄影达人，冷菊贞具有一双发现美的眼睛，她之前来小南河村采风的时候，就惊奇而又惊喜地发现，小南河村虽然是个穷村，但是它的地理位置独特，一边是乌苏里江，一边是大顶子山，还有两条清澈山泉环绕着村庄，其优美如画的风光，再加上古老原始的风貌，如村子里保留完整的传统生产生活习俗，老豆腐坊、老牛马车和老式爬犁之类的运输工具，以及那种老木刻楞房子的建筑，所有这一切都使得小南河村具有独特的关东风情。

小南河村标准化辣椒酱厂和标准化生产线

如今天天在这里摸爬滚打，冷菊贞越来越感觉到，如此优质的资源应该好好利用起来才对，换句话说，如果能将小南河村打造成一个集观光、摄影、农家乐为一体的摄影旅游基地，大力发展特色乡村旅游，应该是一个不二选择。

然而当冷菊贞召集村两委班子开会，提出大力发展特色乡村旅游这个设想的时候，却遭到了一部分人的反对："这不是扯吗？这样的穷犄角旮旯儿，谁会来这旅游啊？"

这天晚上，冷菊贞在她的驻村干部扶贫日记里画下了一个又一个问号，画着画着，她脑海里突然灵光一闪，有了主意。

第二天是2015年的腊月廿七，冷菊贞自己拿出垫付资金，然后给村两委干部安排工作：一部分干部带人去城里购买近500个红灯笼，再购置仿古花布、年画、窗花等装饰品；冷菊贞与另外一部分干部，则分头走进每家每户，一起带着乡亲们编苞米串、贴窗花、挂灯笼，装扮民俗老屋……

所有这些工作全部完成之后，冷菊贞就带上自己的相机，顶着零下20°C的严寒，爬上了大顶子山，然后把小南河村的冬天美景，充满浓郁老关东味道的民居，尤其是大红灯笼高高挂的夜景都一一拍摄下来，再精心制作成照片和视频，发到她的朋友圈和微信群、QQ群里。

紧跟着，冷菊贞又建起了小南河村的第一个微信群，同时将小南河村停了10多年的秧歌队重新组建了起来。

大年三十，冷菊贞又提上相机，挨家挨户去给乡亲们拍全家福，与建微信群一样，她感觉自己用镜头拍下的，不仅仅是一张张笑脸，也是她与乡亲们建立起来的一份份真挚而又热络的情谊。

大年初二，30多个浙江萧山客人，来到了小南河村。这是一

冷菊贞（右二）和小南河村的干部、村民研究房屋外观改造

群摄影爱好者，他们还没有进村，就被这里的一切深深吸引，随身带的行李还没有安置下来，就打开相机的镜头盖，开始咔嚓咔嚓按动起快门来。

对于小南河村人来说，这是他们接待的第一个旅游团队，不用冷菊贞多说，全村上上下下都非常齐心，能做的与该做的，基本上是一呼百应。

送走了浙江客人，冷菊贞松了一口气，心里也有了底气。咋样，不是说穷犄角旮旯儿没人会来吗？这是不是叫事实胜于雄辩啊？

然而，当冷菊贞再次在村两委班子会上强调“绿水青山就是金山银山”“冰天雪地也是金山银山”，再次提出做大做强旅游产业这个发展思路的时候，却仍然出现了不少杂音，有的甚至说，这是冷书记的朋友专门来给冷书记捧场的。

看来这个小南河村还真是不好整啊。

当天晚上，冷菊贞再次在她的驻村干部扶贫日记里画下了一个又一个“？”，画着画着，村里党员干部的一张张面孔，就像过电影一样，开始在她眼前一个个清晰闪过，当一个名字叫董连营的和一个名字叫马莉的熟悉面孔出现在她眼前时，她分别几次按了“暂停键”，并在日记本上一笔一画地写下了他们的名字。这两个人，一个是党员，另一个是预备党员，他们待人热情，工作积极主动，尤其是董连营，当村里提出要建标准化辣椒酱厂，必须占用他家门前的那 4 亩多地的时候，大家都以为他不可能同意，甚至会阻拦和

小南河村最美夜色，百盏红灯亮起来

反对，没想到，冷菊贞找他一说，他就非常爽快地答应了。为了集体利益而勇于牺牲个人利益，这才是一个共产党员应该具备的基本品质，更是真正实践“不忘初心，牢记使命”的具体体现，这样的人，才是冷菊贞开展扶贫工作所必须依靠的骨干力量，也是今后村领导的重点培养对象。冷菊贞把这些想法统统写进了她的驻村干部扶贫日记里。驻村干部扶贫日记是每一个扶贫干部的标配，它既是扶贫干部每天的工作记录和工作总结，也是上级部门考核扶贫干部工作成绩的一个重要参考依据。

写完当天的扶贫日记，冷菊贞突然意识到，想要让小南河村真正打好打响旅游产业这张牌，仅靠自己单兵作战显然很困难，必须争取获得上级领导部门的理解和支持，用戏文里的话说，就是必须 “请到一把尚方宝剑”，这项工作才能不受阻碍地全面开展起来。这样想过以后，她就立刻开始起草《大力发展小南河村特色乡村旅游规划意见书》，完成之后，又经过了几次认真修改完善，最后才将这份意见书送到了饶河县扶贫办。

说来也巧，几天之后，也是在写扶贫日记的时候，冷菊贞偶然翻看年前刚刚拍摄的那些照片，她的目光突然停留在那些村里保存完好的老牛马车和老式爬犁上面，看着看着，她突发奇想，每年的农历二月初二，是我国民间的传统节日，有称“开耕节”的，有称“龙头节”的，还有称“春龙节”的、“农事节”的……如果能够在村里举办一场既别开生面又独具东北特色的民间传统活动，肯定可以借此大大提高小南河村的知名度。

2016 年的农历二月初二，小南河村的第一届开耕节如期盛大开场，活动现场有农耕祭祀，有舞龙表演，更有搓苞米、备种子、耕牛犁地、放炮闹耕、在地头扭大秧歌及跳大绳、拔河、篝火晚会等一系列互动狂欢节目。活动引来了各路媒体记者和大批摄影爱好者，中央电视台新闻频道专门报道了小南河村首届开耕节的盛况，饶河县人民政府更是下发红头文件，将每年的农历二月二确定为小南河村的开耕节，小南河村一下子“火”了起来，深圳的一家旅行社还因此专门将小南河村纳入了旅游线路。

“乌苏里江来长又长，蓝蓝的江水起波浪……白云飘过大顶子山……”

冷菊贞这时候站在大顶子山下，再唱这首《乌苏里船歌》，心

冷菊贞（右）在小南河村的民俗节上

小南河村百亩向日葵花海

里不仅充满了底气，更充满了一股豪气。

小南河村的知名度打出来了，冷菊贞需要的尚方宝剑也请到了，她可以放开手脚，带领乡亲们将小南河村打造成一个真正集观光、摄影、农家乐为一体的摄影旅游基地了。

“二月二开耕节”告一段落了，但后面还有“五一三天乐”，还有“端午一日游”，还有“七夕乞巧节”“中秋情”等，这些节日活动，只要办得好，只要办出名堂，办出特色，办出独一无二，都是吸引客人的金字招牌。客人如潮涌来，与之相配套的吃住行，尤其是富有东北地方特色的农家乐也必须同步跟上。另外，客人走的时候，还应该让他们带上小南河村的冷菊辣酱、大棚反季节蔬菜……

总之，“吃、住、游、娱、购”必须形成完整的服务链条。

总之，这林林总总的一切，都是冷菊贞必须想到和做到的工作。

对了，这其中至关紧要的就是要营造出特色鲜明的老关东氛围，村里的老木刻楞房子、酒坊、油坊、豆腐坊等，能够真正体现东北风情的古老原始民居，以及传统生产生活习俗，不仅要恢复，而且要修旧复旧，还其老关东原汁原味的本来面目。

为了让游客玩得开心，玩得尽兴，冷菊贞又别出心裁地组织村民用铁锹在大顶子山的山坡上挖出一条爬犁雪道，再把经过重新修整过的老牛马车和老式爬犁搬过来，让村里的老骡子套上爬犁，游客坐上去之后，那叫一个新鲜和刺激……

什么叫投资？这就叫投资。

正是因为有了这样的先期投资，这个昔日古老但非常贫穷的村子，才会一下子变成摄影爱好者的乐园，成为他们的“网红”打卡地；一家药企，才会在小南河村一次性流转300亩土地建立药材基地，才会给小南河村带来70万元的增收项目……

正是因为有了这样的先期投资，到小南河村的游客才会络绎不绝，小南河村的人均收入才会迅速过万，小南河村的贫困户才会很快全部脱贫，昔日的偏远山村，才会成为脱贫攻坚明星村，才会列入“全国乡村旅游重点村”之列。

李保国：太行山上的新愚公

巍巍太行山，浩气传千古。

太行革命根据地是中国革命史上的一块丰碑。在国家和民族处于生死存亡的危急时刻，中国共产党人领导的太行儿女勇敢顽强、不畏艰难、百折不挠、前赴后继、勇于牺牲、乐于奉献，这种革命英雄主义的太行精神，是数千年来中华民族精神的积淀和延续，更是博大的民族之魂。正是这种民族之魂的代代相传，才孕育了一代又一代的太行好儿女。

2019 年 9 月 17 日，国家主席习近平签署主席令，授予 9 人“人民楷模”国家荣誉称号，其中的李保国是河北省武邑县人。武邑县位于河北省东南部，属于河北省中南部平原，所以李保国不是太行山人，但他却把一生的热血都洒在了太行山上，把他宝贵的一生都奉献给了太行山的脱贫攻坚，同时更把他 58 岁的壮丽年华永远定格在了他为之“生命不息，奋斗不止”的科研脱贫攻坚事业上，从这个意义上说，他又是名副其实、真真正正的太行好儿女中的一员。

1977 年，国家恢复高考制度的第一年，李保国考入河北林业专科学校（今河北农业大学）桑蚕专业，毕业后即留校任教。他身高一米七左右，皮肤黝黑，加上穿着随意，在一般人眼里“他长得像农民，穿得像农民”，很难将这样的形象跟一个学者教授相挂钩，但他却恰恰就是一位如假包换的大学教授，一位才华横溢、学以致用的中国知名经济林专家和山区治理专家。他先后出版了包括《绿色优质薄皮核桃生产》在内的专著5部；发表包括《果桑花芽分化观察》在内的学术论文100余篇；作为学科带头人，李保国承担了4门博士研究生课程和4门硕士研究生课程以及3门本科生课程，先后带过67名研究生。他完成了山区开发研究成果28项，推广了36项林业技术，示范推广总面积达1080万亩，累计应用面积达1826万亩，累计增加农业产值达35亿元，纯增收达28.5亿元，从而建立起了太行山板栗集约栽培、优质无公害苹果栽培、绿色核桃栽培等技术体系，同时培育出多个全国知名品牌，走出了一条经济社会生态效益同步提升的扶贫新路，被广大山区群众亲切地称为“科技财神”“太行山上的新愚公”。

作为中国经济林的学科带头人，李保国开设的课堂大部分时间不是在高楼林立的教室里，而是在田间地头，在光秃秃的大山上，在苗木果树的培植现场。用他的话说就是：“搞科研就要像农民种地一样，春播秋收，脚踏实地。扎不进泥土地，就长不成栋梁材。”

有人做过这样的统计，李保国从事教学、林地科研35年多，其中有17个年头是在太行山上度过的。

李保国的助手也是李保国的弟子——河北农大的齐国辉教授这样评价自己的老师：“作为一名大学教授，老师他一年200多天扎在山里，因为他始终坚持一个理念——生产为科研出题，科研为生产解难。保国老师常说：‘百姓需要什么，我就研究什么。’”

李保国留校任教不久，正赶上学校决定在太行山区建立产学研基地，品学兼优的李保国被选为首批课题攻关组成员。这一年是1983年，他与妻子郭素萍打点好行装，就带上不满周岁的儿子，一起走进了太行山，来到了邢台县的前南峪村。郭素萍跟李保国是同届同学，毕业后又一起留校任教，他们真正是一对珠联璧合、志同道合的比翼鸟。

前南峪村人均6分田、7亩山，山上最多的是石头。放眼望去，几乎就是一座座石头山，基本上是年年种树不见树。“山是和尚头，下雨遍地流，冲毁河滩地，十年九不收。”一段顺口溜，把这里的一切概括得一清二楚。

针对这一具体情况，他们夫妻二人一个实地勘察采样，一个做数据分析，然后再一起共同把脉，共同进行反复综合研判，最终得出的诊断结论是：土层土质瘠薄、涵水性能差。开出的药方是：采取爆破松土、山中造地和挖沟修库等聚集土壤和水流的办法。

土加厚了，水留住了，树木成活率从原来的10%一下子提高到了90%。前南峪村之后的林木覆盖率更是达到90.7%，植被覆盖率达到94.6%，获得“全球生态环境建设五百佳”提名奖，并被誉为“太行山最绿的地方”。

李保国长得土，穿得土， 却满肚子学问，又特别书生意气，还是个有名的杠头。

在前南峪村的时候，李保国一边治山，一边主动提出要指导村民如何管理苹果树。没想到他刚一开口，就碰到了对手。一位生产队老队长问他：“你哪一年出生的？”李保国回答：“我1958年出生的。”老队长嘴一撇：“我1956年就开始种苹果管果园了，就凭你？”

李保国爱较真的劲儿上来了：“你先给我100棵树试试看。”

100棵树对于一个村子来说，不伤筋不动骨，100棵就100棵。

在村民普遍持怀疑观望态度的情况下，李保国拿着一把大剪刀，开始修剪、维护他手里的那100棵苹果树……一年之后，经他手修剪、维护和管理的苹果树结出来的果子不仅大，而且颜色好、味道正。拿到市场去卖，竟然卖两块五一斤还供不应求，而市场上的其他苹果普遍只能卖到三四毛钱一斤。

俗话说得好，不怕不识货，就怕货比货，两者一对比，村民们纷纷给他跷起了大拇指，纷纷来找他取经了，他的名字也变得高山打鼓，越来越响亮了。

1996年8月，一场特大暴雨席卷太行山，邢台市内丘县侯家庄乡岗底村被暴雨洗劫得遍地狼藉，全村仅有的250多亩耕地全部被冲毁。见到随科技救灾团一行来到岗底村的李保国时，岗底村党支部书记杨双牛眼眶湿热，满脸凝重。李保国当时的心情也很沉重，他没有跟杨双牛多说什么，只是留下了自己的联系电话

李保国（前左一）在河北省内丘县岗底村向村民传授果树修剪知识

嘱咐道："如果有需要的话，可以随时联系我。"

不久之后，杨双牛果然给李保国打了电话，电话里杨双牛说得很直接，他想请李保国来为他们村种苹果。李保国答应得也很干脆，只要是为了治山治土，他都义不容辞。

再次来到岗底村，李保国突然感觉眼前一亮：这才过去多长时间啊，被大水冲毁的许多基础设施已经基本修复，道路也已经基本畅通。再看岗底村的整个发展规划，李保国越发觉得，这个村的当家人不简单。那一刻，李保国的心里竟然不由自主地产生了"英雄惜英雄，好汉惜好汉"的豪迈感觉。在讨论如何把苹果种植业做成一个产业的时候，李保国和杨双牛两个人的想法竟然又是不谋而合，都主张成立集生产、服务、销售为一体的合作企业。

就这样，在李保国与杨双牛的共同努力下，岗底村很快成立了河北富岗食品有限责任公司，并申请注册了"富岗"商标。

就这样，为了"富岗"苹果，李保国带着他的科研团队来到了岗底村。他不仅把家搬到了岗底村，也把他的课堂搬到了岗底村的田间地头。

为了加快研发"富岗"无公害苹果的栽培配套技术，李保国将大量的时间留给了岗底村，经常吃住在岗底村。他白天钻果园查看果树生长情况，晚上再上山用黑光灯测报虫情，然后再根据采集到的资料数据，进行分析研究，找到解决问题的具体方案，最终开发了"富岗"苹果生产的128道工序，真正实现了优质无公害苹果生产的标准化，带动了当地优质苹果产业的发展。

然而，李保国在给村民推广这一道道苹果培植管养技术时，却遇到了难题。他明明在全身心地传授林果生产实用技术，在手把手教果农如何疏花如何疏果，听的人心里却始终在嘀咕："听李老师的，他秋后一拍屁股走了，赔了算谁的？”他明明在手把手教果农如何给苹果套袋，却还是有人怀疑：“苹果套上袋子，万一烂了咋办？”

怎么样才能让果农安心放心地跟着干呢？村党支部书记杨双牛急得到处向村民喊话：“大家都必须听李老师的……”

可是没用。李保国也急了，干脆自掏腰包，拿出5万元买来了35万个苹果袋，同时做出承诺：“套袋赔了是我的，赚了是大家的。”

村民这下无话可说了，都按照李保国教他们的方法，开始给苹果一个一个套上了袋子。到了秋后，再拿套袋与没套袋的果子一对比，果农的眼睛都亮了，也都彻底服了，套袋后的苹果无论外形还是口感，都比没有套袋的好上几倍。岗底村出产的“富岗”苹果甚至创造了一只卖100元的纪录，2007年，岗底村的人均年收入已达10516元，成为河北省内知名的小康村。李保国也因此成了岗底村的“荣誉村民”。

荣获第八届中国“光彩事业国土绿化贡献奖”的绿岭集团董事长高胜福，在谈到他的企业发展之路时，首先提到了李保国，他说，作为国家级扶贫龙头企业，绿岭公司能有今天，首功应该归于“太行山上的新愚公”——李保国教授。

“是李保国老师帮我成就了绿岭。”

高胜福这样回忆他的创业之路。他原本在临城有一份稳定的工作，1999年，作为党员的他积极响应临城县“开发荒山”的号召，与他人合伙在凤凰岭首期承包了3000多亩荒岗，但这里一无土，二无水，属于洪水冲积多砾石岗地。种什么？怎么种？他心里根本没有底。后来经人介绍，他找到了李保国。

经过反复勘测和论证，李保国最终给出的结论是：“这儿的土质中性偏碱，钙质丰富，非常适宜栽种薄皮核桃。”

在凤凰岭种薄皮核桃?

简直石破天惊，闻所未闻。

俗话说“桃三杏四梨五年，要吃核桃得九年”。在太行山一带，核桃树大多自然生长在山沟里、岸崖边，从来没有人大规模种植，更别说是在一片砾石荒岗之上。高胜福和他的合伙人犹豫再三，最终还是选择了相信李保国。

然而，荒开了，树栽了，几年不见成效不说，投进去的资金却越来越多，简直成了一个无底洞，合伙人受不了了，纷纷找高胜福退股，高胜福自己也一度动摇了。这时候，李保国鼓励他：“请你想一想，让荒岗秃岭变成种满薄皮核桃的绿岭，那是一件多么有意义的事儿啊。”

“行，就听你的。”

高胜福不仅坚定了走下去的信念，还把公司正式定名为“绿岭”。

为了让薄皮核桃真正成为造福一方的富民产业，李保国从此带领他的团队扎根临城。不仅如此，他还从国内外引进了24个优良核桃品种，再从中精心繁育出以绿字命名的“绿岭”“绿早”等丰产优质核桃品种，然后与绿岭公司一起，最终成功探索出太行山浅山区荒山综合治理模式、核桃矮化密植管理技术以及树草牧沼立体生态种养模式，让荒岗秃岭实现了每亩5000元以上的高收益。

2012年以来，绿岭公司又投资3.8亿元建成了核桃综合深加工项目，开发出核桃乳、烤核桃、核桃奶片、核桃油、核桃肽、核桃胶囊等6大类30多个产品，每年加工核桃原果2万吨以上，销售收入近10亿元。

李保国的身影不仅时常出现在太行山的每个角落，他还有繁重的教学任务要完成，要给本科生上大课，要指导硕士生、博士生的学业，自己还要撰写科研论文和科研著作。强将手下无弱兵，作为学科带头人，李保国言传身教，桃李满天下。他的学生汤轶伟，颠覆了核桃树冬季修剪的传统做法，将剪枝时间确定在春季发芽前的 20 天以内，避免了因剪枝时间不当造成营养流失，这一创新成果被写进了教科书；学生史薪钰，在平山县葫芦峪从事坡面结构稳定的影响因素研究，取得了当年治理、当年坡面稳定的效果，该研究成果已在全省推广……

李保国的妻子、河北农业大学林学院研究员郭素萍常说，他们夫妇有三个“家”，一个在各个帮扶基地、扶贫点，这是他们待的时间最长的“家”；一个是常年负载他们穿行在学校与山区之间的越野车上；而在保定农大的这个家，他们几乎很少住……

1998 年，李保国患上重度糖尿病；2007 年，李保国又患上重度疲劳性心脏病。医生在了解李保国的职业特征之后，郑重其事地给他开出了药方：“把你的课堂搬回城里来吧，你的身体不适合每天山路颠簸。”

李保国却呵呵一笑：“活着干，死了算。”

没想到，李保国的这句话，却一语成谶。

2016 年 4 月 10 日，李保国因心脏病突发，抢救无效，永远离开了他的家人、他的学生、他的太行山里的乡亲们……

回顾李保国的一生，他的爱人郭素萍几度哽咽：“今年春节过后，他就肉菜都吃不下，每天只能就着咸菜吃几口米饭，一下子瘦了十几斤，脸色黑黄……可是一到山里，他就跟好人儿似的，什么都忘了。”

2016年10月24日，河北省市各界代表，李保国同志亲属、学生，河北农大学校代表及自发赶来的附近村民代表，一起在邢台市内丘县岗底村的凤凰岭上，为李保国同志举行了庄严的骨灰安放暨铜像揭幕仪式，让这位太行好儿女从此永远与太行山相伴。李保国铜像正面，四周苹果树环抱，坐北朝南的纪念碑主体为旗帜造型，左侧为党旗，右侧是习近平总书记对李保国同志先进事迹做出的重要批示：

“李保国同志堪称新时期共产党人的楷模，知识分子的优秀代表，太行山上的新愚公。广大党员、干部和教育、科技工作者要学习李保国同志心系群众、扎实苦干、奋发作为、无私奉献的高尚精神，自觉为人民服务、为人民造福，努力做出无愧于时代的业绩。”

李朝阳：用产业升级实现脱贫

2017年，荣获“全国脱贫攻坚奖贡献奖”，并于同年10月荣登“中国好人榜”的李朝阳，是个标准的80后，长得人如其名，朝气，阳光，两片镜片后面还透露出一股书卷气。

与陈望慧、黄文秀、蓝标河等人不同，李朝阳虽然也生在农村，长在农村，但他从小到大的成长经历几乎没有什么起伏和波澜。凭借自己的聪明勤奋，李朝阳通过十年寒窗苦读考取了大学，大学毕业几年之后，又凭借自己的聪明才智，通过国家公务员招录考试，成为安徽省民委（全称安徽省民族事务委员会）的一名公务员。

然而有一点，他们却永远都是相同的。那就是，他们都是优秀的共产党员，他们都把对党的忠诚融化到了自己的血脉之中，他们都把党的事业当成自己为之不懈努力奋斗的人生目标，他们都是共产主义的先锋战士。

2012年到2014年，李朝阳圆满完成了他在淮南市谢家集区孤堆回族乡杨镇村第一书记的任期，让杨镇村摘掉了长达11年之久的“后进村”帽子，从此走上了一条致富之路。

刚刚凯旋的他，获悉省民委被指定的帮扶点转换到池州市石台县河口村，需要选派一名党总支第一书记兼驻村扶贫工作队队长，他又主动请战，要求接过这副担子。省民委经过反复综合考量，同意了他的请求。

就这样，李朝阳又踏上了他的扶贫之路。

河口村，是一个距离石台县城39公里的偏远山村。全村17个村民组，423户，1608人，2014年建档立卡的贫困户就有141户，413人。

到任第一天，李朝阳就让村干部陪同，先去离村部最远的石马塘村民组。那时候天上下着雨，平常到石马塘村民组的山路就不好走，雨天崎岖泥泞，就更是难上加难。村干部说，咱们还是改天再去吧，李朝阳却笑着摇了摇头。

山里的空气真好，落到伞上的雨点，仿佛丝竹管弦琴瑟箫笛的吹拉弹唱。

这种感觉真好。

但走着走着，这种感觉就渐渐被雨淋湿了。平原上长大的李朝阳，第一次冒着雨走两个多小时崎岖泥泞的山路，好不容易走到石马塘村民组的时候，早已经累得气喘吁吁。这个村民组只有十四五户人家，总人口只有40多人。最突出的问题就是道路不畅，小孩上学难，老人看病难，农副产品运出难，生活必需品运进难，这是石马塘的痛点，也是堵点。走访完几个重点贫困户，对整个村民组的情况有了一个大概的了解之后，李朝阳正准备离开，此时贫困户王重阳大姐偏偏又拦住去路，给了李朝阳一个下马威：

"石马塘的情况你大书记也已经听到了，看到了，刚才跟你说的修路的事情，如果没有眉目，得不到落实，你今后就不要再来了。"

当着众人的面如此直言不讳，不留情面，别说李朝阳，就是陪同的村干部，都感觉非常尴尬。可是细想一下，这也是一句大实话。当天晚上，李朝阳就把这一情况认认真真地写在了自己的驻村干部扶贫日记上。

接下来一段时间，李朝阳将全村 17 个村民组全部走了下来，他在自己的驻村干部扶贫日记上写道："河口村不仅要修路，村民的饮用水，许多的基础设施，包括桥梁、拦河坝、防汛堤等，也都要重新修建和加固。"

修路、基础设施改造建设等都需要钱，而且是很大的一笔钱，钱从哪儿来？积极申报"安徽省农村公路畅通工程"项目，再向上面申请扶贫贷款，这是一条最佳途径，但请有关专家一匡算，一核计，光靠这条路还不行，还不能从根本上解决问题。那就"两条腿走路"，一方面积极争取政策帮扶，另一方面紧紧依靠和依赖本单位省民委这个坚强后盾，省民委主任孙丽芳就曾经跟李朝阳说过："你记住了，河口村扶贫，不是你一个人在战斗。"另外一方面就是求助社会力量来给予大力支援。求助社会力量，就必须自己亲自去"化缘"。

这"化缘"二字，说起来简单容易，做起来却太难。为了扶贫事业，再苦再难李朝阳也在所不辞。

2016 年，投资 100 多万元的石马塘公路终于开工建设。李朝阳整合"安徽省农村公路畅通工程"项目获批的资金和其他扶贫资金，将这条公路和其他公路连接了起来。2017 年，困扰石马塘世世代代村民的这条公路终于畅通，村民行路难的问题得到了彻底解决。

三年时间里，李朝阳跑断腿，磨破嘴，最终筹得了足额资金，完成了河口村的修路和基础设施改造建设，让村民喝上了干净的自来水。

说到底，修路和基础设施改造建设，基本上属于扶贫“输血”工程，想要让贫困村真正摆脱贫困，还是要在“造血”扶贫上下大功夫，花大力气。

记得第一次去石马塘村民组的路上，当村干部向李朝阳介绍石马塘村民组有两兄弟桂来胜、桂来元是养牛大户时，他兴奋不已，当即要求先去养牛大户家，谁知到了两兄弟家才发现，所谓的养牛大户，总共才养了5头牛，李朝阳当时感觉哭笑不得。但之后回过头冷静仔细一想，他很快就感觉到这里面大有文章可做。

再次来到桂来胜、桂来元两兄弟的家，李朝阳就直奔主题：“你们养了这么多年的牛，有技术有经验，你们有没有真正想过扩大养殖规模，真正靠它来发家致富，让一家人都过上好日子？”

桂来胜憨憨一笑：“想肯定想过。”

李朝阳紧接着又问：“如果村里让你们带头，成立一个生态黄牛养殖合作社，让村里的贫困户也加入进来，真正扩大黄牛养殖规模，你们愿不愿意？”

桂来元也跟着憨憨一笑：“这需要本钱，还需要技术。”

听了两兄弟的回答，李朝阳心里有底了。

没有钱可以找信贷支持，没有技术可以请专家培训。为了让这个生态黄牛养殖合作社尽快成立起来，李朝阳立刻开始四处奔波，逐项落实。一向朴实稳重的桂来胜、桂来元两兄弟被感动了，也心动了。

生态黄牛养殖合作社成立后，李朝阳又积极奔波，为他们申请了小型安全饮用水项目，对牛棚改造给予了一定的资金补贴，还专门从淮南请来养牛专家，给予他们技术上的支持辅导。桂来胜、桂来元两兄弟也知恩图报，致富不忘乡邻，不仅鼓励村子里的其

李朝阳（右）在村黄牛养殖合作社调研卫生防疫情况

他人跟着他们一起发展黄牛养殖，还免费传授黄牛养殖技术，解决贫困村民在养殖上遇到的各种问题。

如今，桂来胜、桂来元两兄弟的生态黄牛养殖合作社已经养了140多头黄牛，并形成了辐射带动作用，成功带动20多户贫困户脱贫，他们也因此成了名副其实的养牛大户。

俗话说得好，只要思想不滑坡，办法总比困难多。

李朝阳在帮助桂来胜、桂来元两兄弟建好生态黄牛养殖合作社的同时，又多次找村干部徐年发谈话，希望他可以牵头成立秸秆食用菌种植合作社。

徐年发有点犹豫不决："我只种过几天黑木耳，菌菇类的东西，我一点都不懂啊。"

李朝阳眯眯一笑："当年你跟浙江老板种黑木耳不也是什么都

不懂吗？”

“那时候是穷怕了……”

“你现在的日子是好过了，可咱们河口村还有这么多乡亲过着苦日子，你为什么就不能带个头？”

2014年10月，在李朝阳的积极谋划之下，河口村秸秆食用菌种植合作社正式成立，徐年发成为这个合作社的负责人。其具体的运作模式是：根据各人的出资多少确定入股比例，出不了钱的，则按照出让承包土地多少来折算入股比例，再有就是像夏光和这样的贫困户，只要愿意加入合作社，李朝阳就给他们申请办理小额扶贫信用贷款，让他们拿着这笔小额扶贫信用贷款作为入股资金。合作社成员的具体分工，则是按照每个人的实际情况做决定，例如懂一点栽培技术的就负责搞生产，有一点生意头脑的就负责跑销售，有一点开车技术的就负责跑运输……除了入股分红，在这里打工的，工资另外结算给付。

最初一个阶段，很多贫困户都顾虑重重，担心搞小额扶贫信用贷款的钱会打水漂。贫困户夏光和是在李朝阳的耐心劝说下，才从农村信用社贷了5万块钱小额扶贫信用贷款，成为合作社一名股东的。第一次分红，夏光和得了5000多块钱，打工得了10000多块钱，用夏光和自己的话说：“照这样下去，我家的日子就有盼头了。”

此后仅仅过去一年，夏光和家就摘掉了贫困户的帽子，他本人还成了合作社的食用菌种植能手。

为了尽快建立产出示范效应，李朝阳在听取省民委主任孙丽芳的建议之后，决定立刻迈出关键的第一步，也就是开始种植“短、平、快”的平菇。

在这个过程中，李朝阳又与徐年发做了明确分工，徐年发负责建大棚以及采购种平菇所需的一切材料，李朝阳负责联系专家技术指导和对外销售。

合作社当时的启动资金非常有限，为了节约成本，徐年发去县里买来报废大棚，锯掉底下锈掉的部分，再找新钢管重新焊接上。自制的简易大棚试验成功后，再让其他人员照葫芦画瓢跟着做。

大棚建好了，平菇种植所需的一切材料也准备好了，此时李朝阳请的专家也到了。李朝阳请的这位专家叫鲁中祝，她是淮南乃

李朝阳（右二）在村食用菌合作社查看香菇菌棒生长情况

至安徽闻名遐迩的科技种菇能手。她从1985年就起步从事食用菌栽培，30多年来她以科技为引领，先后在淮南市建立了4个食用菌示范基地，创办了真菌研究所，研发出十多个具有自主知识产权的食用菌新品种，并先后荣获过安徽省、淮南市科技进步奖。

在鲁中祝的悉心指导下，河口村秸秆食用菌种植合作社的平菇种植正式开始了。平菇的菌棒原料是棉籽皮、玉米芯、锯末等。菌棒做好后，用高温膜包起来，蒸两天两夜予以高温杀菌，接着再冷却一天，然后就可以在大棚里进行接种了。所谓接种，就是把菌棒打开，把种子放进去，再用报纸包好两头，拿橡皮筋一一捆扎缠牢，这样就可以等待最终出菇了。

12月，产品出来了，可以收获丰收的喜悦了。没想到，原来敲定的承销商却因为资金出了问题，已经无法履行合同条款。平菇只能卖鲜货，只能保存3~4天，超过4天就会化掉，烂掉。怎么办？情急之下，李朝阳连忙打电话给省民委主任孙丽芳，恳请她立刻帮忙联系合肥的蔬菜批发市场，以解燃眉之急。

省城合肥的情况虽然落实了，但李朝阳的一颗心仍然悬在半空中，他决定多管齐下。于是，他又立刻与镇上的包村干部李贵高、村书记章文庆、村主任徐光明一起连夜出发，分头赶往池州、芜湖、铜陵、安庆等地，要求大家4点钟之前务必赶到当地的蔬菜批发市场。这个钟点正是大批发商进场上货的时候，李朝阳当时赶赴的地点是铜陵。到了那里，他先是扮成进货商，挨个跟商户谈价格、摸行情。心里有底之后，他才拿出自己的产品，直接跟批发商接触洽谈，结果不仅将所有的平菇都推销出去，还交上了朋友，打开了对外的一扇窗口，建立了属于他们的销售渠道和销售市场。

李朝阳（左一）和村干部一起查看村光伏扶贫项目

生态黄牛养殖合作社、秸秆食用菌种植合作社的相继成功，不仅产生和发挥了很好的示范带动效应，也进一步坚定了李朝阳“造血”扶贫的信心和决心。在李朝阳的精心谋划与不懈努力之下，河口村的生态富硒茶种植合作社、植保服务合作社、农机合作社等也相继陆陆续续应运而生。

合作社第一次的平菇销售，虽然最终化险为夷，但这次经历也给李朝阳和徐年发上了一堂实实在在的风险教育课：平菇产品虽然周期短，见效快，但其中的风险也不能忽视，所以他们在接下来扩大产能的同时，开始有意识地增加了可烘干、保质久、价钱高的香菇的产量。

2015 年秋天，李朝阳因在田间地头奔波的时候被一种叫隐翅虫的昆虫叮咬，身体出现大面积皮肤溃烂，医生要求他一边接受治疗，一边在家静养。他却正好利用这个治疗期间，顺利完成了

河口村美丽乡村建设一角

平菇的商标注册申报，并根据安徽省《关于实施光伏扶贫的指导意见》的相关要求，拟定了河口村光伏扶贫项目等一系列的文字申报材料，同时还与村两委成员商定落实了生态富硒茶叶合作社的厂房选址，以及其他一系列亟待解决的问题。

从生态黄牛到食用菌到富硒茶，河口村的产业发展一步一个台阶，真正实现了以点带面，以小见大，改变了以往小作坊式的分散生产模式，实现了规模化、现代化农业产业的转型升级，从而真正提高了广大村民尤其是广大贫困户的“造血”功能和内生

动力。

短短 3 年的时间，李朝阳就通过自己的不断探索和不断努力，让河口村的贫困发生率从 25.87% 下降到 1.74%。与此同时，他还利用帮扶经费建设村集体茶厂、盘活村里的集体资产资源，培育管理集体林场、实施光伏电站项目，最终使村集体经济实现了从无到有的转变。村集体经济有了积余，李朝阳立刻开始实施“村容村貌”“人居环境”的综合整治，并通过举办“河口村为民服务之星”“河口好人”“河口十大最美女性”等一系列评选表彰活动，让整个河口村人的精神面貌焕然一新，真正实现了“两手抓，两手都要硬”的两个文明双丰收。

2017 年，李朝阳在河口村的任期届满，正在他打点行装，准备返回省城合肥的时候，省城合肥却给他寄来了一份特快专递，打开一看，里面有一份请愿书。这份请愿书是河口村 289 个群众联名写给安徽省民族事务委员会的，他们恳请省民委领导同意并转告李朝阳，希望他能够留下来再干 3 年……

望着这份请愿书，李朝阳的眼眶顿时变得湿漉漉的，他暗暗对自己说：“不为别的，就为乡亲们的这份情意，你也应该义无反顾地留下来啊……”

李君：怀揣为民奉献情怀

在中国这个国度，名字叫李君的成千上万，但是获得“全国脱贫攻坚奖奋进奖”、2019 年受邀参加国庆阅兵观礼的李君，却是独一无二的。

李君 1985 年出生在四川省广元市苍溪县的一个偏远小山村，2003 年，他考取了成都的一所大学。2008 年，汶川大地震过后不久，他放弃成都的高薪工作，回到了他家所在的岫云村，先是当村主任助理，两年后村两委换届，他成功当选村党支部书记，这一年他 25 岁。

在大多数人眼里，他阳刚帅气，聪明睿智，思想活跃，充满了青春活力。然而，在他岫云村的父母长辈眼里，他却还只是个稚气未脱的娃娃，一个读了几年大学就不知道自己有几斤几两的愣头青，更有人揣测：多半是省城不好耍，才回来混日子的……

到了晚上，父母亲关起门来问他：“你在成都到底耍得下耍不下？”

他点点头。他在成都一家传媒公司管着一大堆人一大摊子事，老板给他开的年薪是 18 万，你们说他耍得下耍不下？

“既然耍得下，你为什么要回来？你是不是脑子有问题啊？”

他笑笑，却又欲言又止。

父母亲穷追不舍：“说话呀。”

他只好直截了当回答：“为了一个共产党员的理想信念。”

岫云村位于秦巴山深处，面积3.2平方公里，距苍溪县城52公里，辖6个村民小组，共264户994人，其中贫困户就有170户。汶川大地震发生之后，原本基础就很薄弱的岫云村，更是雪上加霜，成了远近闻名的“空心村”。在他当选村党支部书记组织召开的第一次村两委班子会上，根据实事求是的原则，也为了鼓舞大家的士气，他把岫云村贫困落后的根本原因，主要归结为偏僻闭塞，交通困难。他最后总结说，要想从根本上改变这个局面，首先就要修路，这是当务之急。当他提出修路这个建议之后，大家都保持沉默。沉默的潜台词非常好懂：说得轻巧，谁不知道要想富先修路？修路需要钱，钱呢？说一千道一万，搞不来钱，都是正月十五打灯笼——照舅（旧）。

“钱的问题我来想办法。”

啧啧啧，果然是后生可畏，不知道敢不敢立个军令状啊？

可以。

立下军令状，他就带着写好的扶贫申请报告，先到镇上复印了数份，然后镇里、县里逐一递交上去。这是寻求上级政府给予政策帮扶。从申请到批复，中间需要一个等待过程。在这个等待过程当中，他就自掏腰包，坐车辗转到了江苏江阴的中国第一富村——华西村。

在华西村委会的办公楼下，他苦苦等待了整整五天，最后终于等到了华西村党委书记吴协恩。虽然最终没有得到预期的援助目标，但吴协恩书记对李君敢想、敢干、敢闯的精神勇气给予了充分肯定和赞赏，让他感觉收获满满。

离开华西村，他又马不停蹄地赶赴山西大寨村以及其他全国有名的富裕村，结果都是无功而返。回到成都，他没有做任何停留，就又立刻赶去被誉为“西部华西村”的成都彭州的宝山村。

这一次，他同样空手而归。

宝山村的贾正方老书记，是中国的“保尔·柯察金”，是李君心目中的英雄，更是他学习的好榜样。2008年汶川大地震，彭州宝山村遭受的损失也很巨大，但宝山村人在贾正方老书记地震压不垮我们致富的决心，能白手起家，就能从头再来的这种精神指引下，短短几年，宝山村就很快恢复了原貌，重现了昔日的风采。所以，他就是要去向贾正方老书记拜师学艺，去亲身学习、感受、体会和领悟老书记身上所焕发出来的那股英雄气概和宝贵品格。当然，他希望老书记能给他传经送宝的同时，也能给岫云村修路提供资金支持。

有道是心诚交善友，品正遇贵人。通过前后13次登门拜访，他终于赢得了贾正方老书记的信任，得到了10万元的资金资助。在此期间，当他获悉嘉陵江亭子口水利水电开发有限公司在苍溪县境内有一个重大的亭子口水利枢纽工程项目之后，他如获至宝，立刻主动找上门去，同样是精诚所至金石为开，通过他的不懈努力，最终成功达成嘉陵江亭子口水利水电开发有限公司与岫云村的对口帮扶协议，商定了三年帮扶计划。400万元的投资，加上国家政策扶持的配套资金，岫云村修路的资金落实了下来……

这下，岫云村人动容了，村两委班子成员对他的信任也建立起来了。

人均200元的集资修路款，一户不落，且没有一户拖欠；修路时，更是家家户户都参与，真正是有钱出钱，有力出力。经过上下齐心协力，共同努力，现在的岫云村，全村村组道路硬化率已经达到了100%。

路修通了，下一步怎么走？还走栽树种蘑菇之类的老路吗？

树还是要栽，蘑菇也还是要种，但要想让岫云村人真正走上一条致富之路，就必须开拓思维，就必须求新求变，就必须根据城里人消费观念的转变，走一条创新发展之路。

大学生就是不一样，说起话来总是窑上的瓦盆——一套一套的，但乡亲们要求的很简单，你只要告诉大家接下来应该怎么做就行了。

李君书记要求乡亲们接下来要做的也很简单。

岫云村全村 994 人当中，有 480 多人在外务工，留在村里的大部分都是老人孩子，以及身体患有这样那样疾病的一些人。根据这一现象，再结合家家户户都喂养大量鸡鸭家禽这一特点，李君首先成立了秀云土鸡专业合作社，要求岫云村所有人家全部加入这个专业合作社里来，按照“支部 + 协会 + 农户 + 市场”的产业发展思路，合作社成员分工明确，有专人负责管理将岫云村各家各户散养的土鸡、土鸡蛋等，进行统一收集，统一包装，也有专人负责统一品牌，统一运输，统一销售。

李君为此给大家算了一笔账，以一只土鸡为例，合作社以保护价 1.5 元 / 枚收购土鸡蛋，一只鸡年产蛋 150 枚左右，一只鸡一年可为养殖户增加 225 元收入，两年后一只老母鸡可卖到 200 元左右。按照一般的老年人在家养殖 10 只鸡、10 只鸭计算，平均每年一户可增收 4000 元左右，作为基本没有劳动能力的老年人来说，这是一笔不小的收入。

秀云土鸡专业合作社开始正式运作起来之后，他自己亲自带队，一边建立互联网销售平台，一边到苍溪县城、到成都开拓营销渠道和营销市场，实施线上线下多措并举的营销策略，与此同

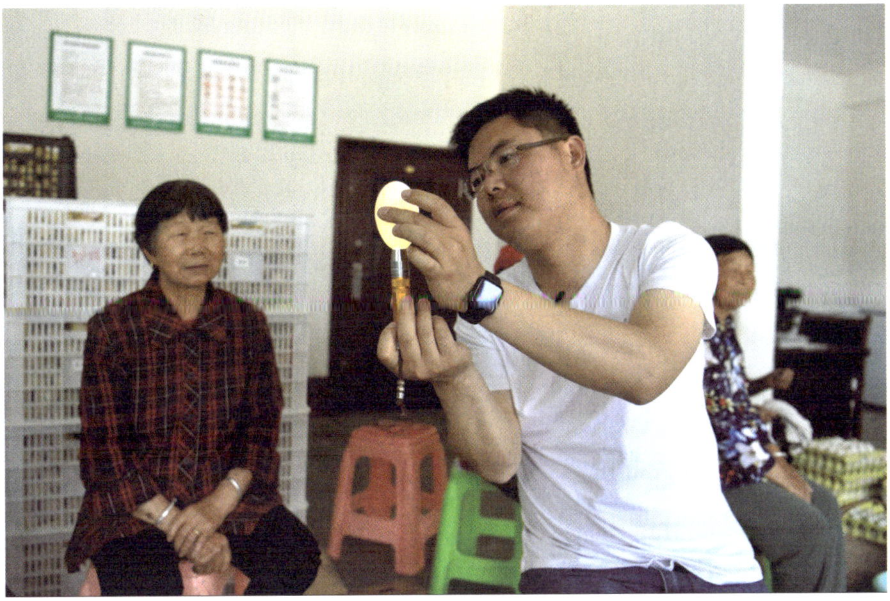

李君（中）检查农户的土鸡蛋质量

时，他又开始精心构思谋篇，为他下一个大手笔做好充分的准备。

那一天，他去了苍溪县扶贫办。他首先自报家门，说他是白驿镇岫云村的党支部书记李君，他这次来扶贫办，是想请求领导给予扶贫帮助的。

领导笑了，苍溪县是国家级贫困县，镇村干部来县扶贫办，打的都是伸手牌。

“说吧，你想要什么样的帮助？”

李君微微一笑说：“扶贫工作早已经上升到国家战略高度，但我始终认为扶贫不是给了钱就可以万事大吉，而应该激发贫困人群的内生动力，即‘授人以鱼不如授人以渔’。所以，我今天来的目的是想告诉你们，岫云村有丰富的生态农副产品，我想在岫云村举办一场‘远山结亲·以购代捐’活动。说更具体一点就是，通过举办这种活动，一方面能打通城乡商品流通渠道，能让广大爱心人士和爱心企业的付出得到及时的回报，另一方面能让村里人有尊严地脱贫致富。”

县扶贫办的领导听完李君书记的这番讲述，眼前顿时一亮，连说这个想法好，有创意，可操作性强，同时还具有很广泛的引领作用和示范指导意义。

“不错，真的很不错。需要我们帮什么忙，你尽管说。”

“我主要是想请你们帮忙为我们牵头联系爱心企业与个人。”

在苍溪县扶贫办的大力支持下，“远山结亲·以购代捐”活动如期在岫云村举行，活动请来了多家企业和无数的爱心家庭成员。活动现场摆放了土鸡蛋、鸭皮蛋、老母鸡、老鸭子、年猪、山羊等10余种农产品。作为这次活动的组织者，李君首先代表岫云村的父老乡亲向所有前来参加这次活动的爱心人士表示了最衷心的感谢。在阐述这次活动的目的和意义时，他先讲了一个抱着金饭碗讨饭的故事，他说岫云村和许多贫困山村其实都一样，他们有资源，有自己的特色农副产品……说到这里，他随手拿出一只鸡，然后介绍说，岫云村散养的土鸡都是用玉米、红苕藤等粗粮喂大的，没有任何饲料添加剂，绝对绿色环保，又极富营养价值。一句话，他们手里有好东西，但他们却缺少向外沟通的渠道，他们饲养的家禽，他们种植、采摘的各种山货，都是标准的、一等一的生态绿色食品。所以，此次举办这样的活动，就是希望通过“认亲戚”这种方式，来建立这样一条渠道，一头连接城市，一头连接乡村，让全体受人尊敬的爱心人士在付出爱心的同时，能够得到及时回报，能够吃到美味，吃出健康，也让拥有这些生态绿色食品的乡亲们走上一条致富之路。

李君书记的讲话热情洋溢，极富感染力，参加活动的爱心企业和爱心人士纷纷采取“一对一”“一对多”等多种方式结对认亲，活动当场认购了价值56万元的农产品，取得了较为理想的效果，也开创了一条独具特色的扶贫新路。

这次活动的成功举办，确实起到了引领作用和示范指导意义。

在苍溪县扶贫办的大力协调努力下，一个以岫云村为中心，周边10多个自然村为半径的原生态产业扶贫发展联盟很快宣告成立。这个联盟通过与爱心企业结上扶贫对子的合作模式，开展企业预订和订单生产销售的一系列措施。几年下来，来自广元、乐山、成都等300余家爱心企业与这个联盟成员内的1200余户结成了对子，为岫云村及周边村送上了价值2000余万元的农副产品订单。另据统计，2014年至2016年，苍溪县在“远山结亲·以购代捐”模式的带动下，累计实现44个贫困村和5.3万人脱贫，贫困发生率从2014年年初的14.8%下降到2016年年底的6.8%，岫云村也因此被评为四川省首批“四好村”。

在成功实现了“远山结亲·以购代捐”计划的基础之上，为了真正打响“生态秀云”这个品牌，李君一方面把着力点放在建好“一品一家”这个电商平台，真正实现线上线下多措并举；另外一方面，又迅速在苍溪县城、在成都闹市区推出了他的扶贫餐馆——岫云村·汤馆，以及苍溪县生态农产品线下销售体验中心。

在岫云村·汤馆，消费者不仅可以大饱口福，吃到直接用山村出产的食材制作的酸水豆腐、韭菜炒鹅蛋、玉米馍、腊肉包子、米豆腐炒腊肉等乡村美食，同时也为贫困山村奉献了一份爱心，因为这一道道正宗美味的乡村土菜背后都有一个个感人的扶贫故事。

四川首家扶贫体验餐厅——岫云村 · 汤馆

酸水豆腐所用的米豆腐出自岫云村 53 岁留守妇女何定琼之手。她每月大概为岫云村线下体验店提供 400 斤米豆腐，除去成本可以净挣 1700 元。

鲜美的土鸡汤则出自村里残疾人郑荣华饲养的土鸡，她家每年通过出售土鸡收入 15000 元。

韭菜炒鹅蛋所用的鹅蛋来自李广荣、侯淑兰夫妇饲养的优质土鹅，这道菜每年可为他家带来上万元的收入。

甜香酥脆的玉米馍馍出自苍溪县东青镇 64 岁的贫困户王林清老人之手。老人上有 80 多岁患病的老父老母，两个儿子又在外出务工时遭遇车祸成了残疾，一个个不起眼的馍馍关系着一家人的生计，老人做的玉米馍馍在当地售价 1 元一个，岫云村线下体验店按 1.5 元一个包销，一个月销售 2500 个馍馍，除去成本可以帮助王林清一家实现月收入 3000 元。

将美食美味与扶贫挂钩，这个构思非常独特，也很有创意，这是李君精心构思推出的又一个大手笔，也是这个扶贫餐馆开出来的全部要义。

在这个岫云村·汤馆以及苍溪县生态农产品线下销售体验中心，所有的食材和农副产品，都来自 300 公里之外的岫云村，所有的经营管理人员，包括所有的厨师，所有的服务人员，也都来自 300 公里之外的岫云村。他们所发出的共同心声，其实也是他们的共同心愿："过去我们为别人打工，挣的是血汗钱。现在完全不同了，我们现在是自己为自己打工，我们付出的越多，得到的也就越多。所以我们每个人都很勤奋，都很努力，也都很希望'岫云扶贫'这个品牌，能够越打越响亮，能够真正成为连接城市和山区农村的经济纽带和情感桥梁，就像我们李君书记说的那样：让更多的爱心人士吃到美味，吃出健康，也让岫云村人增加更多的经济收入。"

根据酒香也怕巷子深的市场规律，李君除了在餐馆食材、菜品制作、服务理念等各方面加强管理，力求精益求精，好上加好，同时还通过"互联网 +"等多种新媒体平台，不断加强宣传推广力度，目前岫云村·汤馆已经渐渐成了成都吃货的网红打卡地，"饱了口福，献了爱心，何乐不为"是大家的共识。随着这种共识越来越深入人心，岫云村·汤馆以及苍溪县生态农产品线下销售体验中心的农副产品，也越来越受广大消费者的青睐与追捧。

说起现在的岫云村，李君很自豪：全村 264 户村民当中，存款在 20 万元以上的至少接近 100 户，开上小汽车的大约有 180 户，而 10 年前，岫云村的年人均可支配收入不足 2000 元。

岫云村传统手工皮蛋

李君（左）和农户直播带货

不仅如此，在“岫云扶贫”的示范带动之下，周边 59 个村、2882 户小农户也已加入了岫云村的品牌计划之列。

“年轻人，好好干。”

这是习近平总书记在成都市主持召开打好精准脱贫攻坚战座谈会时对李君说的话。

“这 6 个字对我来讲，不仅是一种鼓励，更是一种动力。”李君说，“下一步，我们要把扶贫体验餐厅开到北京、上海这些大城市，希望有一天大家听到岫云村三个字，不再认为这是一个村的名字，而是一个品牌。”

李鹏：在沙漠上播种希望

2019 年“全国脱贫攻坚奖奉献奖”获得者李鹏，1951 年出生在山西省吕梁山区的一个普通农民家庭，是家里的独子，18 岁参军进入新疆，之后在新疆生活工作了近 50 年，直至 2009 年光荣退休。

退休后，李鹏却不顾家人的再三劝阻与极力反对，非要“雄关漫道真如铁，而今迈步从头越”，他这一步“从头越”，竟然就越到了距乌鲁木齐 1400 多公里之外的和田地区策勒县策勒乡阿日希村。

策勒县位于新疆和田地区东部，是古丝绸之路南路上的一个重镇。策勒县策勒乡的阿日希村，则紧挨着塔克拉玛干大沙漠。

塔克拉玛干大沙漠位于塔里木盆地中心，是世界第二大流动沙漠。“塔克拉玛干”，维吾尔语的意思为“进得去出不来”，又称“死亡之海”。这里年均潜在蒸发量是降雨量的 74 倍，每年要抵挡几十次沙尘暴的残酷侵扰。历史上，策勒县县城曾经因为风沙侵袭被迫搬迁过 3 次。20 世纪 80 年代初，策勒县 2 号风口和 3 号风口形成的沙包距离县城仅 1.5 公里左右，而策勒乡的阿日希村正好处于“3 号风口”的最前沿。“和田人民苦，一天半斤土，白天不够晚上补”，这句顺口溜说的就是和田地区环境的恶劣程度，而策勒乡的阿日希村则更是一个“沙包两米高，沟有两米深”的沙漠风口。

丰收的喜悦

李鹏到这里来干什么？

他要到这里来种红枣。

当李鹏随着陪同人员一起，走进阿日希村党支部书记麦提沙吾尔·胡达拜尔地的家，郑重其事地说明了自己的来意之后，麦提沙吾尔·胡达拜尔地脸上的表情，除了错愕还是错愕，他一会儿面向陪同人员，一会儿面向李鹏，最终吐出极其惊愕的一句话：“我没有听错吧？”

“你没有听错。”

李鹏回答得非常认真又非常诚恳。他先简明扼要地向麦提沙吾尔·胡达拜尔地介绍了自己的人生经历，紧接着又马上言归正传，告诉阿日希村党支部书记，他这次带来了自己卖房所得的150万，加上他和妻子所有积蓄，另外再加上他从亲朋好友那里借来的钱作为启动资金。

麦提沙吾尔·胡达拜尔地的眼睛湿热了，一会儿又闪闪发亮了，他向李鹏微笑道：“啥也别说了，我这就带着你去选地吧。”

将整个阿日希村走了一遍之后，李鹏最终选择了3号风口最前沿的那一大片大约400亩的沙丘地。

“你确定就选这里？这里可是倒上水都长不出庄稼来的地方啊。”麦提沙吾尔·胡达拜尔地的脸上再次露出了错愕的表情：“你卖了自己的房子，把自己的身家性命都拿到阿日希村来了，你为啥不选一块好地？”

李鹏笑笑：“你刚才告诉过我，阿日希村是全县全乡有名的深度贫困村，90%都是贫困人口，村里的可耕地本来就少，稀罕得不得了，我再来占一块好地，乡亲们的日子还怎么过？”

“雅克西！”麦提沙吾尔·胡达拜尔地情不自禁地给李鹏竖起了大拇指。

“雅克西”在维吾尔语中的意思就是“好”。

种红枣的地方确定下来之后，李鹏就开始带人平整那一大片沙丘地了。

刚退休时的李鹏开荒治沙种枣树时的场景

所谓的沙丘地，其实就是一个又一个连绵起伏的沙包。400 亩的面积，工程量不算太大，但也不算太小。李鹏求胜心切，一下子投入了大量的人力、物力和财力，很快建成了一条简易的机耕路，打出了几口井，推掉了一个个沙包，最终一鼓作气地将那一大片沙丘地都平整好了，紧接着就把买来的枣树苗，严格按照种植要求栽种下去了。然而，让他没有想到的是，不到一个月，一次沙尘暴来袭，就把种下去的枣树苗给全部掩埋掉了。

好不容易费时费工费钱费尽心血，结果却是竹篮打水，前功尽弃。

李鹏懊恼不已。

前前后后冷静地仔细一想，李鹏终于想明白了，他原来总以为，阿日希村地处塔克拉玛干沙漠 3 号风口，虽然风沙多、降水少，可碱性沙质土壤、长时间光照以及悬殊的昼夜温差，正适合枣树的习性。但他却偏偏忽视了一个最最基本的科学事实，那就是要想让栽种下去的枣树苗成活，还是必须先做好防沙治沙工作，而防沙治沙的首要前提也是重中之重就是要先种树，先建防风林，另外还要挖渠修路。

按照他现在所选定的这一大块红枣种植地，最起码要建 100 亩以上的防风林。但是这样一来，所需资金就远远地超出了当初的预算，也就是说，他当初砸锅卖铁带来的这笔钱，显然连种树建防风林都不够。

突然面对这么大的资金缺口，李鹏的心里不免打起了鼓，他开始矛盾和纠结起来：是不是自己一开始把事情想得过于简单了？所以所做决定也太草率了？

决定没有错，错的是做决定之前，把问题考虑得过于简单了。

现在应该怎么办？

是迎难而上，还是打退堂鼓？

开弓没有回头箭，李鹏什么时候当过逃兵？

那就只能再伸手去找亲朋好友借了。但朋友再多，毕竟每个人积蓄有限，所以除了借这个途径，另外还得再找一条渠道，那就是去银行贷款。

可是，到银行贷款必须有抵押，你拿什么做抵押？这又是摆在李鹏面前的一道难题。

转念一想，一下子贷不来那么多款，就不能边干边投，滚动发展吗？

无论如何，也要先把这个防风林建起来再说——挖渠修路当然也要同步推进。

选择什么树种呢？

胡杨树当然是首选，它素有“大漠英雄树”之美称，人们常称赞胡杨为“沙漠的脊梁”，可是，购买这样的树种成本太高，只能退而求其次，选择购买杨树，相对而言，杨树容易成活，生长也快，应该是不二选择。

这时候，阿日希村的党支部书记麦提沙吾尔·胡达拜尔地反过来找到李鹏：“之前你只要400亩沙丘地，你看，它的四周都是一个沙包连着一个沙包，荒着也是荒着，不如都给你，至于土地出让金，到时候看情况再定，我只有一个条件，无论是建设你的枣园，还是到最后给你的枣园招收工人，你都必须优先选用阿日希村的人，你看如何？”

这等于是给李鹏开出了最优惠的条件，李鹏当然乐意接受。

从购买杨树种苗，到一棵棵扦插栽种，再到浇水灌溉，观察守护……每一个环节李鹏都要想到，都要事无巨细地亲力亲为。从他租住的那间简陋的民房到那片在建的防风林带，他每天要像陀螺一样，从风沙当中来回不停地奔波着，忙碌着，操劳着，严重的腰椎间盘突出症，常常让他疼得直不起腰来，但即便如此，哪怕拄根拐棍，他也依然是风雨无阻——不，确切地说，应该是风沙无阻。

路是自己选择的，既然已经走了，再苦再难，也必须走下去，也必须走到底。

因为太忙，一日三餐极没有规律，经常饱一顿饥一顿的，使他原本就极差的胃，经常跟他闹矛盾，最严重的时候甚至连胆汁都要吐出来。那一天，它更是以剧烈疼痛的方式向他提出了最严重

李鹏查看红枣地附近的防护林情况

的抗议，幸亏送医及时，否则后果不堪设想。医生给他检查的最终结果是胃黏膜大面积脱落、胃穿孔先兆 。

躺在医院病床上，他想到的不是身体的疼痛折磨，而是他栽种的树苗，他的红枣梦。很多人对此不理解，很多人问他：“你这样做究竟图什么？”

他神态自若地回答：“我想让自己活得更有价值、更有意义。”

知道他底细的朋友接着又问他：“你们山西也有红枣，也很出名，你为啥非要到策勒来种红枣？”

这句话，李鹏的老父亲之前也问过儿子无数遍。

他每次给老父亲的回答都是：“策勒，维吾尔语的意思即‘红枣’，而策勒出产的红枣有‘沙漠珍珠’之美誉，如果能够从我的手里种出更多的‘沙漠珍珠’，那是一件多么了不起的事情啊。”

老父亲每次听李鹏这样回答，都点头表示赞许，但李鹏的朋友听了却一声叹息：理想很丰满，现实很骨感啊。

这倒确实如此，如果追求梦想的路上都是一马平川、一帆风顺，没有崎岖坎坷，没有艰难曲折，那“成功”二字，也就缺少了含金量，也就失去了追求的意义。

对于李鹏来说，那时候腰椎间盘突出症以及胃病带来的剧烈疼痛，都算不了什么，他所面临的最大考验，还是一年几十次的沙尘暴。每次沙尘暴来袭，都是沙借风势，眼睛根本睁不开，有时连站都站不住，然而越是这时候，他和他雇来的工人们，就越是必须顶着遮天蔽日的风沙，去一点一点清理幼苗上的落沙，像呵护孩子一样给予精心照料和护理，以免影响它们日后的发育生长。

不仅如此，有时候遇到气温骤降，他还要裹着棉袄在那里整夜守护。

那样的夜晚，头顶上是一颗颗清冷的星星，脚底下是冷冷的泥沙，身边是他一个个心血结晶，是他“路漫漫其修远兮”的希望和期待……

大概也就是李鹏种红枣的道路走得最艰难的时候，他 90 多岁的老父亲从乌鲁木齐打来电话，要求儿子把他接到阿日希村，李鹏的心头顿时一热。这说明什么？这说明老父亲是想真正身体力行地支持儿子所选择的这条道路啊。

但在要不要真的把老父亲接到生活条件如此艰苦的阿日希村来这个问题上，李鹏还是很犹豫。他不敢也不能答应老父亲的这个要求。生为人子，他没有尽孝，心底已经有一份深深的亏欠，如今再把老人家接过来跟自己一起吃苦受罪，无论怎么说，他心里也都是惶惶不安啊。然而李鹏脾气倔，老父亲比他还倔，李鹏拗不过他，只能千里迢迢地把老人家接到了阿日希村。

老父亲虽然是儿子最坚定的支持者，但在那之前，他毕竟只是耳听，耳听毕竟为虚，眼见才为实。所以，当他老人家真正亲眼看见了阿日希村周围极其恶劣的自然环境，以及儿子正在建设的红枣种植基地和防风林带的规模，老人家这下是真的被儿子的所作所为深深震撼了，也深深感动了。尽管他只是一个农民，也没有多少文化知识，但他心里有一把尺子，儿子要在这里种出的不仅仅只是“沙漠珍珠”，他是想为这里的子子孙孙造福，他所干的事情，确确实实很了不起，他为自己生养了这样一个好儿子而感到骄傲和自豪，他当即给儿子立下遗嘱：“我走后，（你）就把我埋在这里，（让我）陪着你，看着你。”

李鹏为此立刻给慈祥的老父亲深深鞠上了一躬。

父亲是他最宝贵的精神支柱和动力源泉。

老父亲97岁与世长辞，李鹏的许多朋友包括阿日希村的党支部书记麦提沙吾尔·胡达拜尔地，都建议李鹏把老人家的遗骨送回故土安葬，让老人家叶落归根，但李鹏最终却遵守老父亲的遗嘱，把老人家的遗骨埋在了他的红枣园。

最坚强的人，也有他柔弱的一面。

马力最大最足的车，也要不停地加油，才会后劲十足。

他的筑梦之路还很漫长，还很艰难，他也的的确确离不开他的老父亲，他也确确实实需要老父亲的陪伴。有他老人家时时刻刻的陪伴，有他老人家时时刻刻的精神照耀与激励，他就能够多一份克服困难、战胜困难的勇气和力量；他就能够遵从“只要功夫深，铁杵磨成针”的古训，不畏困难，坚忍不拔地日复一日、年复一年地执着坚守。

凭借“十年磨一剑”的精神，李鹏十年如一日地在“死亡之海”的边缘，在曾经被阿日希村人称为“水浇上去也不会长出庄稼”来的沙丘地上，不停地与风沙进行抗争和较量，不停地推沙丘，打井，挖渠修路，将一棵棵杨树种下去，将一棵棵红枣树种下去，最终在“死亡之海”的边缘长出5万株杨树，70万棵枣树，形成了如今将近3000亩红枣地的规模，让原来的沙海变成了一片郁郁葱葱的绿洲，让已然结满硕果的红枣树将黄沙与村庄远远分隔，用阿日希村人的话说：“这样等于形成了一个‘绿口袋’，风口扎紧了，黄沙也就逼退了。”

如今李鹏不仅实现了他的红枣梦，还给阿日希村人提供了13万人次的打工挣钱机会，劳务费用超过1400万元，同时更带动了许许多多的阿日希村人加入种红枣的行列，阿日希村村民的人均

李鹏（中）给当地枣农讲授红枣春季修剪技术

纯收入也由2009年的2173元增加到2018年的9300元，超出全县人均水平1000多元。除此之外，李鹏又牵头成立了策勒县智慧果业农民专业合作社，吸纳社员100人，其中建档立卡贫困户83人。他还在新疆中泰（集团）有限责任公司的资金支持下，在阿日希村建成了一座年加工能力达6000吨的红枣加工厂。现在，阿日希村6067亩土地中，红枣面积达到5707亩，其中有超过2700亩是在李鹏的示范引领之下，经过艰苦艰难的治沙最终收复的生产用地。

红枣加工厂建成之后，李鹏又与阿日希村签订了2019年脱贫攻坚战略合作协议书，这份协议书以产业扶贫、就业扶贫、科技扶贫、资金扶贫为核心，将全面助推阿日希村完成脱贫攻坚的奋

李鹏在查看枣园

斗目标。

望着阿日希村今非昔比的变化，村党支部书记麦提沙吾尔·胡达拜尔地感触最深，李鹏在阿日希村十年，他的胸怀，他的信心，他的勇气，他的毅力，他所吃的苦，他所付出的努力，他所承受的压力，麦提沙吾尔·胡达拜尔地都是第一见证者。如果可以把一个人的心胸比作大海的话，李鹏的心胸比大海还要宽广和博大。阿日希村之所以能有今天这样的变化，都与他的努力付出密不可分。

刘桂珍：一肩四担的巾帼村支书

她叫刘桂珍，今年58岁，虽然岁月的纹路已经毫不吝啬地镌刻在她脸上，但我们从她明亮有神的双眼，高挺的鼻梁，挺直的腰身，仍然能够依稀勾画出她年轻时的那份秀丽与俊俏。

刘桂珍所在的段家湾村，位于山西忻州代县的南山深处，峪河上游，这里山高沟深、土地贫瘠，6个自然村零星分散在方圆10多公里的沟沟岔岔中，自然条件十分恶劣。全村共69户118人，其中建档立卡贫困户有49户92人，是全县出了名的贫困村。

1977年，刘桂珍高中毕业，国家中断十年的高考制度，也在这一年恢复。在校读书成绩一直优秀的刘桂珍认为，这是自己走出大山的最好机会，所以无论白天干农活多苦多累，一到晚上，她就开始争分夺秒复习功课。

没想到，刘桂珍的大学梦还没有张开飞翔的翅膀，就被父亲的一句话折断了。当时县里正在培养赤脚医生，分配给段家湾村一个名额，父亲决定让她去参加培训，回来当乡村医生。当时心心念念想复习功课考大学的刘桂珍一百个不愿意。

刘桂珍的父亲刘白小，抗战时期就为八路军站岗放哨送情报，后在段家湾村做了几十年的党支部书记，在村里说话从来说一不二，在家里更是一言九鼎。他对刘桂珍说："村里就你一个高中生，你不去学谁去学？你不干谁干？"

就因为父亲这句话，刘桂珍放弃了自己的大学梦，老老实实赶去枣林镇，参加赤脚医生培训班的学习。

刘桂珍原本就勤奋好学，一点就通。培训结束回来，她就立刻背起药箱，开始行走在段家湾10余公里的沟沟岔岔之中，为乡亲们问诊开药、打针输液。不仅如此，她还干中学，学中干，不断刻苦钻研医学知识，不断积累临床诊断经验。她的想法是，既然穿上了这身白大褂，既然背上了这个医药箱，就要对得起这个职业，就要干出成绩来，就要赢得乡亲们的信任，更要对得起乡亲们叫她“刘医生”这个称呼。

那年除夕，天空飘着雪花，村里村外，到处都是噼噼啪啪的鞭炮声。10余里外武强村的张忠虎生病了，请刘桂珍前去打吊针输液。本来输完液之后就可以回家了，但刘桂珍不放心，硬是在病人身边守了一夜。而那时候，她丈夫杨宏生和两个闺女，却守着

刘桂珍（左）在询问一位村民的身体情况

电视机，团圆饭热了又凉，凉了再热，横竖等不回人来。父女三人憋憋屈屈过了大年。原本想等她回来之后，好好数落她一番，可她人一进门，又累又乏又困，眼圈也发了黑，风一吹就能倒了的样子，父女三人的心顿时就软了，已经到了嘴边的话也都咽了回去。

还有一次，也是大年夜，天上也下着大雪，刘桂珍和一家人正包着饺子，武强村的老曹突然敲开门，说他母亲上吐下泻，高烧不退，病得非常厉害，让刘桂珍赶紧去看看。小闺女拉着刘桂珍的衣袖说："妈，您这一走，咱家这个年还过不过？"听了小闺女的话，刘桂珍心里有点发酸，可她是医生，别人过不好年，她心里又怎么好受？所以她最终还是背起药箱，跟着老曹一起出了门。

那时候，雪正下得紧，风刮到脸上像刀子，刘桂珍一路上跌了好几跤才赶到病人家里。根据老曹的介绍，再结合自己的检查，刘桂珍认为病人得的是急性肠胃炎，于是便立刻配药给她输液，过了半个多小时，老人的病情逐渐稳定了下来。为怕老人再出什么意外，刘桂珍在她身边守了整整一夜。

刘桂珍对村民们的好还远不止这些。

2006 年年初，新农合制度试点推广到代县。有的村民认为自己身体好，不愿意缴每年几十元的保险费，村民陈智良就是其中之一。可天有不测风云，就在当年，陈智良得了一场重病，光住院费就花了 3 万多元。

正当陈智良为医药费发愁的时候，刘桂珍打电话让他去报销医药费。陈智良这才知道，原来刘桂珍早已悄悄地帮村里没有参加新农合的村民都缴了保险费。从此，村民们大都主动参加新农合，有些生活实在困难的村民一时拿不出钱来，刘桂珍都会主动帮他们垫上。

距段家湾七里之外的王家会村民组，住着一位 80 多岁的孤寡老人，老人名叫李狗小，因患脑梗丧失了语言能力，刘桂珍像亲闺女一样服侍照料了 11 年。

53 岁的村民刘眉龙患上了严重的类风湿症，残酷的病魔折磨得他失去了劳动能力，生活没了着落。刘桂珍便一边给他治病，一边替他向乡政府申请，为他办理了低保手续。

……

段家湾有个小学，因为学生不多，基本上采取的是复式教学，几个年级混合在一起上课。由于交通不便，生活条件差，工资水平又太低，1988 年那年，学校唯一的一名教师辞职不干了。眼看着村里 15 个孩子面临失学，父亲刘白小再次找来刘桂珍："学校

刘桂珍（右）在给学生们上数学课

没有老师，娃娃的功课就会被耽误，在上面没派新老师来之前，闺女你就先把这个课给代起来吧。”

又是为了父亲这句话，刘桂珍主动担起了代课教师的职责。

有一年，村里筹资扩建校舍，一时没地方上课，刘桂珍就干脆把教室搬到家里。家里地方小，课桌板凳没地方放，刘桂珍就干脆把饭桌，把床，把一切可用的东西都拿来当课桌用，而且这么一用就凑凑合合坚持了整整一个学期。

有了刘老师，段家湾小学就没有一个学生再辍学，全村适龄儿童入学率、巩固率和小学毕业合格率都达到98%。她教过的学生考上高中又考上大学的不在少数，其中成绩最好的一个学生，最后考取了中央财经大学。

1996年，刘桂珍的父亲刘白小由于年龄和身体的原因，从村党支部书记的位置上退了下来，谁来接这个班呢？大家首先想到了刘桂珍，希望她把这个担子接过去。刘桂珍连忙摇头说不行。为此，乡党委的领导找她谈话，父亲也找她谈话。父亲说：“只要没有私心，啥事情都好办。”

就这样，刘桂珍全票当选，成了段家湾村党支部书记。

到了2003年，村两委换届，刘桂珍又接过了村委会主任的担子，开始医生、教师、书记、主任四副担子一肩挑。

医生、教师这两副担子，刘桂珍挑了十几二十年，基本上已经轻车熟路，已经挑出门道，也已经基本不在话下了。但是，如何挑好书记、主任这两副重担，刘桂珍的心里却一点底都没有。当初父亲叫她当村医当代课老师，她老大不情愿，但她后来当了，而且还都当得有模有样，得到了乡亲们的认可和信赖。现如今也一样，既然成了段家湾的当家人，就应该操心如何让乡亲们的日子慢慢好起来。

段家湾村地下无资源、地上无企业、集体无收入，是十里八乡有名的“三无”村。村民们世代种植的都是玉米、谷子、红薯等传统作物，种在河滩地的还好，种在山坡上的，却基本上都是靠天收。出路在哪儿？怎么改变？刘桂珍思前想后，绞尽脑汁，终究也没有想出一个好办法来。于是她决定先去外地取经，等她取经回来，然后在村两委班子成员和党员、村民代表会上指出，根据村子的地理条件、气候特点，她认为在村中的河滩地上发展油松育苗，是一条致富之路。然而，受多年生产习惯和封闭思想的束缚，大家都怕搞不好、怕赔钱，谁都不愿意干，也不敢干。面对这种结果，刘桂珍皱起了眉头，更感觉哭笑不得。转念再一想多年做医生做代课老师的经历，她又很快想明白了，你要是对大家说，张三这个病该咋治，李四家的这个娃该咋教，没有人不信你的，也没有人会不听你的，但育苗种树能成不能成，你说破大天去，毕竟也是个未知，只有你自己先干出个结果，那时候才会有说服力，大家伙才会真正听你的。

回到家里，刘桂珍就把自己的决定告诉了丈夫杨宏生，杨宏生听了之后，没有直接反对，而是和声细语地给她分析情况：“搞油松育苗是个技术活，咱们从来没有搞过，不懂技术也不懂管理。育苗周期又长，忙活上两三年，要是搞砸了，咱们往后的日子可怎么过？”

刘桂珍不听这些，她认准了的事情，非干不可。

杨宏生知道犟不过妻子，就拿出家里所有的积蓄，又东拼西凑了一部分，最终凑齐了培育油松苗的费用，然后在自家最好的三分河滩地上种起了营养袋油松苗。经过两年的精心管护，小树苗长势喜人，第三年春天一出圃就见到成效，三分地的树苗竟然卖了 7.5 万元，这是种庄稼收入的近百倍。

刘桂珍种油松挣了大钱的消息很快在村里传开。

村民们这下动了心，不少人都想跟着她发展育苗产业。刘桂珍便挨家挨户统计育苗面积，积极调购育苗种子、肥料，对准备育苗的村民进行技术培训。最先尝到甜头的是杨锁文。他是村中的贫困户，在刘桂珍的带动下种了 6 亩树苗。眼看着树苗马上就要出圃了，杨锁文的脸上却又堆起了愁容，他总是在心里嘀咕：树苗是种成了，万一卖不出去可咋办？刘桂珍了解情况后，就把到村委会洽谈购苗业务的客户直接带到杨锁文的地头，说服他优先购买杨锁文的树苗。

收获了成功喜悦的杨锁文激动地说："要不是桂珍书记，我们家到现在都还欠着外债，过着苦日子哩。"

有道是鸟无头不飞。在刘桂珍的带动帮助下，短短两三年时间，段家湾很多村民的收入都达到数十万元，一些村民还在县城买了新房，过上了小康日子。

2016 年，段家湾村实现了整体脱贫。

2017 年，刘桂珍牵头成立了代县刘桂珍种植苗木合作社，带动了相邻的王家会、石家湾、殷家会等村发展育苗产业。但刘桂珍并不满足于此，她还要为乡亲们开辟更多的致富门路。

当她看到苗木市场不太景气，村民们种出来的树苗不再像以前那样好卖的时候，她又立刻转换思路，带头在村里搞起了中草药种植。

这一次，贫困户侯换生第一个响应，用他的话说就是："桂珍书记是咱们的主心骨，跟在她后面干，只有好处没有坏处。"

侯换生的这句话，道出了段家湾乡亲们的心声。

那一年的夏天，连续 20 多天不见一滴雨，地里的红芸豆、谷子、山药，特别是油松、桧柏苗赶上了“卡脖子”旱。正当大家一筹莫展的时候，刘桂珍出去走了一趟，很快，塑料管拉回来了，技术工人也进了村，1000 多米的管道铺到了家门口，沿路边安了 5 个水龙头，村民们再不用过河翻沟挑水吃了。与此同时，近千米的 U 形管浇地渠也迅速铺设完成了。

段家湾人至今记忆犹新的，还是 2010 年 7 月因为大雨引发的那场特大山洪，那时候很多老人都被困在家里，情况非常危险，也非常紧急。

刘桂珍挨家挨户指挥村民撤离避险，又冒着生命危险抢救还没有来得及跑出门的老人和孩子，在确认大家都已经转移到安全地带之后，她才猛然想起家里的老父亲和小女儿，不知道他们是否也已安全撤离出来。这么一想，她不由惊出一身冷汗，连忙飞跑回家，到家一看，屋里的水已快要没过膝盖，父亲和小女儿紧紧相拥蜷缩在桌子上……她鼻子一酸，眼泪流了下来。

这时候，年幼的小女儿一见到自己的妈妈，就立刻冲她发脾气：“你心里还有没有这个家？还有没有我们？”

听了小女儿的质问，刘桂珍感觉心里很不是滋味，更不知道说什么才好，直到耳边回响起老父亲经常挂在嘴边的那句话：“只要没有私心，啥事情都好办。”她的心里才多少感到有些释然。

峪口乡分管扶贫工作的副乡长张丽生在谈到刘桂珍时这样介绍说：“刘桂珍看上去很瘦弱，但她精干，有韧劲。她有个本子，上面记录着每位村民的各种信息，这个本子她总是带在身上。她每次出门之前，都会主动找我询问，最近有什么新信息，有什么新工作新任务，她说她之所以这样做，是怕她不在的时候，会落下什么重要的信息和应该做的工作，会因此影响乡亲们有好的政策享受不到……说实在，如果我们每一个乡村干部都像她这样，心里时时刻刻把每一位乡亲的利益放在首要位置，就没有克服不了的困难，更没有完成不了的事业。”

诚哉斯言，信哉斯言。

“感人心者，莫先乎情”，只有润物无声的爱才可以在不经意间触动心灵，才能够慢慢涵养出可贵的人文精神。

山西作家鲁顺民、杨遥、陈克海在他们所著《掷地有声：脱贫攻坚山西故事》一书中，这样概括刘桂珍：“五十多年的人生，做了别人三世都做不完的‘营生’。”

刘锦秀：大别山牧羊女

1979 年 3 月，刘锦秀出生于罗田县三里畈镇黄土坳村一个叫刘家湾自然村民组的普通农家。罗田县位于湖北省东北部、大别山南麓，东邻英山，南连浠水，西与团风、麻城接壤，北与安徽省金寨县交界。

刘锦秀的家乡，山清水秀，峰峦叠嶂，名山大川众多，河流湖泊遍布，风景优美，到处都能见到“野果香山花俏，狗儿跳羊儿跑”这样如诗如画的场景。但是，诗画可以怡情养性，却不能填饱肚子。

要不然，刘锦秀也不会只读了 5 年小学，就毅然走出大山，去外面谋生计，求活路。

如今回顾刘锦秀独自在外谋生的经历，比如在工厂打过工，比如做过家政（清洁工）、卖过服装、摆过地摊……尤其是一个小学毕业生，一边打工一边自学，读拼音、背字典……最终硬是蚂蚁啃骨头一般，完成了大学全部自考课程，取得了大学自考本科学历。如此种种，这一切的一切，如今几句话、几段文字就可以概括，但其中真正的酸甜苦辣没有亲身经历，是很难体会的。如同今天大家都能够看到闪耀在她头上的成功光环：现任罗田县锦秀林牧专业合作社理事长，湖北名羊农业科技发展有限公司董事长，2013 年获得第十七届“中国青年五四奖章”，2017 年 9 月，获得“全国脱贫攻坚奖奉献奖”，2018 年出席第十三届全国人民代表大会……却很少有人知道，她成功背后所付出的汗水与辛劳、心酸与艰难。

很多人包括之后宣传报道刘锦秀的各类媒体记者，基本上都认为她的人生转折点是在 25 岁那年，因为就在这一年，从大山里走出来的她，已经在黄冈市建立了一个幸福稳定的小家庭，已经拥有了一家能够年赚百万的物流公司，她却偏偏在这个时候，选择重新回到大山，回到她的故里刘家湾，去当一名“牧羊女”。

刘锦秀作为全国人大代表参加“两会”

对于做出这个抉择的动机，或者说出发点，刘锦秀在接受一家媒体采访时是这样表示的，她说有一次她开私家车回老家，快到村口的时候，她远远看到一个女孩，长得很像她小时候的样子，很瘦很瘦。那时候，那个女孩赤着双脚，正小心翼翼地蹚过一处泥泞的水潭，一双塑料凉鞋却拎在手里。

这使她立刻想起了十多年前的自己。那年夏天，她穿着草鞋，翻山越岭采摘野菊花，那个时候野菊花 5 分钱一斤，她采了一个暑假才终于买到一双漂亮的凉鞋。当年的她，也跟那个女孩一样，下雨天蹚水，就把凉鞋拎在手上，根本不舍得穿。

除此之外，还有一点也很关键，那就是刘锦秀独到的眼光，善于捕捉商机的精明。那时常年做物流的刘锦秀，有一天突然注意到，城里人的餐桌上很少有羊肉，而且不到冬季，市场上几乎看不到羊肉，再深入一步仔细了解，她又发现，整个湖北省内，都没有一家规模完善的羊肉生产养殖基地，可以说这几乎就是省内市场的一个空白。

就这样，刘锦秀在 2004 年春回大地、春寒料峭的时节，告别了丈夫，告别了刚刚 3 岁的儿子，回到了生她养她的刘家湾。

然而，人们对刘锦秀做出这样的抉择，很不理解：你当年走出大山为了啥？不就是因为山里穷，没有发展前途吗？现在你房子有了，车有了，钱有了，还有了一个宝贝儿子……你什么都有了，却要回大山养羊，你的脑袋是给羊蹄踢了，还是给羊角抵傻了？

好在刘锦秀的父亲刘君如理解她，也支持她。就这样，刘锦秀和父亲一起，到半山腰上搭建了两间茅草房，再去山下买来了 47 只黑山羊，一间住人，一间养羊，她的养羊追梦之路，就这样正式开始了。

明媚的阳光下，一个娟秀清丽、不施粉黛的芊芊女子，如痴如醉地追赶着一群咩咩咩叫的黑山羊，这个场景就这样如诗画一般地向人们扑面而来。

大别山的天真蓝，天空中的云朵真美。

大别山的空气真新鲜，这是真真正正名副其实的天然氧吧。

连在这种天然氧吧里生长的草儿，都特别鲜嫩，特别茂盛。

黑山羊咩咩咩的叫声，让刘锦秀听起来简直犹如天籁。

刘锦秀虽然生在大山，长在大山，但她实际上根本不会放羊。羊一上了山，就开始到处乱跑，她常常是要么跟在一头或者几头羊屁股后面追着跑，要么就干脆放任自流，有时候甚至连羊丢了都不知道，而她自己却在这种田园牧歌式的环境氛围里面，陶醉得一塌糊涂。

可是天天在山上养羊、放羊，毕竟不只是蓝天白云与诗情画意，刘锦秀面临的更多的还是现实的艰难与困苦。

那一天，刘锦秀的丈夫带着儿子上山来看她，望着简陋不堪的茅草房，以及茅草房里一张简陋的竹床，一张摇摇晃晃的小方桌，上面堆满了一袋袋方便面，一盏煤油灯早已经熏得漆黑……总之，房间里虽然被整理得很整齐，但其寒酸和清苦却也看得一清二楚。丈夫为此眉头直皱，一个劲地对她念叨："你说你这是何苦来着？"

3 岁大的儿子，一开始对满山遍野的花花草草，尤其对咩咩叫的黑山羊充满了新鲜感，好奇得不得了，撒着欢儿东奔西跑。然而等到那股新鲜劲儿一过去，再回过头来面对简陋不堪的茅草房，再闻着一股股臭烘烘的羊臊气，他就不干了，非吵着闹着要求马上离开，丈夫也趁机再次劝说："跟我们一起回去吧。"

刘锦秀在大山中牧羊

刘锦秀是立下凌云志、咬定青山不放松的人，并且早已经做好了“苦其心志，劳其筋骨”的心理准备，她怎么可能现在就回去？

然而，由于缺乏黑山羊的养殖技术，选种也存在一定问题，最开始买回来的 47 只羊，半年时间不到，竟然死掉了一半。

这条路看来真的不好走啊。

不好走也要继续往前走。

刘锦秀沉下心来，一方面买回来大量关于黑山羊养殖技术的书籍，抓紧一切时间刻苦阅读，努力学习，另外一方面又去找专家，去找畜牧兽医，去找有丰富养羊经验的人虚心求教，回来再结合书本知识，进行认真琢磨与刻苦钻研。

随着时间慢慢往前推移，刘锦秀的黑山羊也慢慢由少变多，发展到了将近 700 多只，2006 年年底一算账，好家伙，净赚将近 10 万。这时候，父亲笑得合不拢嘴，刘锦秀却显得十分淡定。她先找村里，后找镇里，一下子包下了村里近千亩的林地，不仅在那上面建起了一排排标准化的羊舍，引进了一批波尔山羊，让它们与本地黑山羊杂交，以达到改良品种之目的，还联合当地5个养羊大户，在县工商局注册成立了罗田县锦秀林牧专业合作社。

正当刘锦秀准备大干快上的节骨眼上，一场山林火灾，烧毁了她承租的山林草场，紧接着的2008年，一场罕见的冰雪灾害，又导致合作社羊舍倒塌，冻死、饿死黑山羊200多只，直接经济损失30多万元……

刘锦秀这下傻眼了。

这时候，丈夫再次上山来，一边安慰，一边劝说，希望刘锦秀能够跟他一起回城里去。刘锦秀一笑："还记得我之前跟你说过的话吗？刘家湾的地理环境和气候条件都非常适合养羊，这里的乡亲们又都有丰富的养羊经验。所以，我回来不仅要把黑山羊养好，还希望有一天，能把乡亲们都带动起来，改变他们以往单打独斗的那种养殖模式，让他们都跟着我，一起通过养羊走上一条致富之路。你说，现在的这一点苦，我都吃不了，我还怎么实现我的这个愿望？"

丈夫点点头，是的，秀外慧中的妻子曾经跟他说过：一个人内心有光，他（她）就是自己的太阳，不仅能照亮自己，也能温暖别人。

刘锦秀的这种内心之光从何而来？又是如何炼成的呢？

首先就是把苦难当成财富的那种精神气概。

其次就是长时间在山上的日晒雨淋：饿了，啃一口干巴巴的食物；渴了，喝一口山涧溪水；累了，天当被，地当床。

同时也是三伏天的汗水，是不堪其扰又不堪其苦的蚊叮虫咬，是三九严寒的冰冷与刺骨，更是看着自己亲手喂养的黑山羊只只膘肥体壮的成功感与自豪感……

当然也是一场大火，紧接着又是一场罕见的冰雪灾害，导致重大经济损失之后的心痛，以及心痛之后的大声歌唱，“一个人可以被打败，但却不能被打倒”。这种精神与人格力量，既展示了刘锦秀追梦路上的坚定从容与无所畏惧，也为她内心之光历练而成做出了最具说服力的注解。

为实现“把乡亲们都带动起来”的愿望与目标，刘锦秀发起成

大别山肉羊商品生产基地

立罗田县锦秀林牧专业合作社，聘请了专门的畜牧技术专业团队，并且带领乡亲们通过“合作社 + 基地 + 农户”产销对接的模式，实行“五统一”服务，具体措施为：统一提供种羊，统一栏圈建设，统一防疫消毒，统一技术指导，统一收购肉羊。这个“五统一”标准的实施，彻底解决了养羊户的后顾之忧。

2011 年，刘锦秀又注册成立了龙头加工企业湖北名羊农业科技发展有限公司，这个年屠宰加工 30 万只肉羊的现代化肉类食品加工项目建起来了。同时，刘锦秀又启用产品溯源系统和溯源标

志，开发了专门的网站，以省农科院为依托，重点研发“全天然、纯绿色”高档羊肉食品，成功注册了“薄金寨”“三里美”羊肉商标，并向原农业部申报了无公害农产品产地认定和产品认证，从而真正形成了品牌化的生产经营与销售一体化的战略格局。

在刘锦秀的示范带动下，罗田县锦秀林牧专业合作社已在罗田全县12个乡镇成立了分社。合作社拥有100只以上规模的社员187户，5~50只的规模养殖户513家，他们分散在大别山脉的罗田、浠水、蕲春、团风、麻城等地，2010年，合作社整个存栏肉羊3万只，出栏肉羊3.2万只，在合作社保品质、创品牌的经营理念和肉羊深加工的带动下，规模社员养殖户的户均纯收入3万元以上，人均增收5000元以上，比没有参加合作社的农民多增收

如今的刘家湾

27%，创总产值 3594 万元。

2013 年，习近平总书记接见“中国青年五四奖章”获得者时，刘锦秀自豪地告诉总书记：“我是大别山牧羊女。”从此“大别山牧羊女”成为刘锦秀的代名词。

从 2015 年开始，刘锦秀的湖北名羊农业科技发展有限公司，与全县建档立卡贫困农户建立了黑山羊养殖结对帮扶关系，首批结对帮扶带动的黑山羊养殖贫困农户就有 406 户。截至 2018 年底，刘锦秀旗下的公司与合作社辐射带动大别山周边县市 175 个贫困村、山羊养殖户 7700 多家，形成了以罗田为核心的大别山肉羊商品生产基地，大批贫困户依靠养殖黑山羊脱了贫，养羊年收入 3 万元以上农户达到 1500 户之多。

一句话，刘锦秀的养羊产业，为推动大别山区贫困农户脱贫致富做出了突出的贡献。

如今，在大别山南麓的罗田县，流传着这样一首民谣：“早上醒来听着鸟儿叫，回头看见老婆笑。白天跟着锦秀放好羊，回家照顾爹和娘，高高兴兴送儿上学堂。”

而刘锦秀自己则说：“我要做大别山里的一片树叶，绿着，陪伴万物；枯了，化作泥土，永远守护这片大山。”

刘双燕：燕子衔春筑梦想

“春风是世界上最温柔的风，燕子是世界上最美的候鸟。”

本文接下来要说的，就是这样一位被许多新闻媒体比作“最美候鸟”的人，她姓刘，名字叫双燕。

刘双燕是安徽省亳州市利辛县城关镇人，她生于 1975 年 6 月，1997 年光荣加入中国共产党。

利辛县属集中连片特困地区，是国家级贫困县。作为利辛县税务局的一名女干部，刘双燕从 2012 年 3 月起，连续三届担任安徽省第五、第六、第七批选派贫困村驻村扶贫工作队长兼第一书记。刘双燕第一次被选派的地方是利辛县城北镇陆小营村。这个贫困村不仅偏远闭塞，而且还是一个有名的“艾滋病村”。

接到任命，刘双燕心里的种种顾虑和犹豫是实实在在的：那样的一种条件和环境，一个女同志，究竟能不能适应？工作究竟能不能真正开展起来？万一不行岂不是辜负了组织对自己的信任和期待？

尽管心里顾虑重重，刘双燕最终还是来到了陆小营村。

3 月的淮北大地，正是春寒料峭时节。报到后的第一天，刘双燕的眉头就打成了一个结：天啊，这里的一切，远比想象当中的要差上好多倍啊，厕所是露天的蹲坑，洗澡只能在公用厕所冲冲，夜晚伸手不见五指，跟城里一比较，两者之间的反差也实在太大了一点……当天晚上，听着窗外呜呜作响的寒风，刘双燕打开驻村干部扶贫日记本，嘴巴咬着笔杆子，思绪万千，不知道如何起这个头，开这个篇。这才真正叫作“理想很丰满，现实很骨感”啊。她忍不住拿起手机，向母亲诉说起来。母亲听了女儿的为难，安慰她说：“既然决定了要去当这个扶贫干部，那就要扎扎实实沉下心来，就要认认真真开展工作，不要让人小瞧了你自己，更不要让人到时候戳你的脊梁骨。”

母亲的这番话，让刘双燕心里冒冷汗：你来陆小营村为的是什么？你还是不是一个坚定的共产主义战士？刘双燕当即调整好自己的心态，开始认认真真书写她到达陆小营村的第一篇扶贫日记。

通过一段时间的走访了解，在对全村情况基本了然于胸的前提下，刘双燕决定先从抓党建、抓村干部的领导作风入手，彻底扭转过去那种软弱涣散的不利局面。紧接着，她又把工作重点放在关爱艾滋人群身上，他们是因为贫穷才卖血，又因为卖血，才变成最不幸的病人，所以他们更需要理解和尊重。只要这部分人群的心热了起来，只要他们能够重新树立起生活的信心，开始对未来充满向往，陆小营村的扶贫工作也就有了抓手和实实在在的落脚点。

事实证明，刘双燕的思路是正确的。陆小营村贫困的根子主要还是在人，这是软件，软件问题解决了，刘双燕又把工作重点放在了解决硬件问题上面。

像理一团乱麻，刚刚把陆小营村的工作理出了一点头绪，没想到，姐姐突然打电话给她，让她无论如何先回一趟家再说，刘双燕一头雾水赶到家，这才知道身体一向硬朗的母亲突然被查出了肺癌，而且还是晚期。刘双燕一下子蒙住了。父亲去世早，是母亲一个人挑起全家的重担千辛万苦把几个儿女拉扯大的，苦日子好不容易熬出头，她自己却……天大地大，也没有母亲的恩情大啊。说什么，刘双燕也得多陪陪母亲，多在她病床前尽一份孝心啊。她走出病房，正准备给陆小营村的支部书记打电话，母亲却把她叫了回来："万事开头难。你的工作刚起步，这个时候你应该多跟群众待在一起。我的情况也就是这样了，你只要记得多回来看我几次就行了。"

刘双燕再也控制不住自己，眼泪像断了线的珠子一般滚落下来："孩儿这是不孝啊……"

母亲慈祥地笑了："燕儿你说啥傻话呢？"

在母亲的再三催促下，刘双燕只得一步一回头地离开母亲，回到了村里。

陆小营村的小麦、大豆种植面积达5000多亩，这是全村的主导产业，其他如蔬菜、红薯等农作物的种植规模，也都相当可观。另外，该村还有流传多年的酿制大曲酒的技术和传统，其酿出的浓香型大曲酒，酒质无色，清亮透明，具有浓郁的复合香气，入口绵甜爽净、余味悠长。一句话，村里有资源，只要解决了交通阻塞这个瓶颈，一切问题都能迎刃而解。

刘双燕连忙对症下药，多方筹措资金，经过她的不懈努力，一条3公里长的水泥路终于修通，此举不仅改变了原来"晴天一身灰，雨天一身泥"的现象，还让村里跑起了载货汽车。流通渠道畅通了，刘双燕又开始抓村容村貌建设……

在刘双燕三年的艰苦努力下，陆小营村终于旧貌换了新颜。

完成了陆小营村三年的选派任务之后，刘双燕本来可以回到原单位工作的，但她却跟丈夫商量说："脱贫攻坚已经处于关键阶段，我在陆小营村的三年，已经积累了许多宝贵的工作经验，所以，作为一名共产党员，我准备继续参加扶贫工作。”丈夫听了，半天沉默不语。

哑巴不开口，神仙难下手。没办法，刘双燕只好对丈夫使起了惯用的小性子：“这么说，你把夫人的话当成耳边风了？”

丈夫摇摇头回答：“我不是想做你的反对派，我只是担心你的关节炎，长期劳累会不会变得更严重。”

刘双燕的眼睛顿时变得湿润起来。

刘双燕很快选择了再出发。这一次，作为第六批选派贫困村驻村扶贫工作队长兼第一书记，她来到了利辛县汝集镇朱集村。

朱集村位于汝集镇东北 8 公里处，因朱姓居民居多而得名。朱集村北倚西淝河，县道 Y101 穿村而过，全村现有 1277 户 5650 人，耕地面积 7755 亩，辖 8 个自然庄，31 个村民组。

刘双燕到任之前，朱集村是利辛县的重度贫困村，也是国家级贫困村。村民们喝的都是井水，进出村子走的全都是泥巴路，整个村庄的卫生状况是一片 “脏、乱、差”，加上电压不稳定、线路老化等问题，停电更是家常便饭……一句话，朱集村是真正的基础弱、条件差。不仅如此，村民们“等、靠、要”的思想还特别严重，而村两委班子偏偏又缺乏凝聚力和战斗力，村集体经济几乎一片空白，人心也是极度涣散。

对于刘双燕的到任，朱集村人并不怎么看好，也不怎么欢迎。一个生在城里、长在城里的女干部，她对农村的情况了解多少？她又有多少能耐？

这是刘双燕留给朱集村人的第一印象。

最初一段时间，刘双燕每天晚上回到住处，翻看驻村干部扶贫日记，首先萦绕在她脑海里面的，几乎都是“应该如何破题”这

刘双燕（左）看望朱集村敬老院贫困老人

一问题。

她的这个住处，是村里临时安排的敬老院里面的一个房间。蓦然之间，一个画面频频在她眼前闪现：当夜幕降临，黑暗开始笼罩整个大地的时候，敬老院里的许多老人，不是回到各自的房间，而是搬一把椅子，来到院门口，然后坐下来，默默无语地、安安静静地、久久地望着远处的村庄和田野。那个时候，老人们其实什么都看不见……

想到这一幕，刘双燕心里咯噔了一下，她立刻决定就从这儿开始破题。第二天，她就让村里的电工，把组织上准备给她宿舍安装空调的那笔钱，改用来给敬老院安装路灯。

敬老院的路灯亮了，但周边的自然村居却没有一盏路灯，是不是也想办法都给装上路灯，让朱集村的夜晚亮起来呢？可是，想要安装这么大范围的路灯，这需要相当大一笔经费，钱从哪儿来？思来想去，只有找自己的娘家利辛税务局了，但问题是朱集村的自来水没有解决，路也没有修，这时候先装路灯，局领导会不会认为这是头脑发热、异想天开啊？犹豫再三，刘双燕还是打电话把自己的想法告诉了局领导，没想到局领导听了却连声说好，说给乡亲们装路灯，既有实际效果，更具有象征意义。很快20万元的专项资金加上企业的慈善捐款，就让朱集村一下子安装了180台新能源太阳能路灯，8个自然庄及街道两旁、人口密集聚居的村级活动中心全部都亮了起来。

路灯亮起来的时候，不仅点亮了整个乡村的夜空，朱集村人的心也跟着一起被点亮了。

这件事情让刘双燕深受启发，也深受鼓舞，她很快在她的驻村干部扶贫日记里写下了这样的四句话：“没有办不成的事，没有脱不了的贫。你离群众有多近，群众跟你有多亲。”

良好的开端是成功的一半。

刘双燕乘势而上。她在她的驻村干部扶贫日记上面这样写道：“朱集村的路要修，自来水问题要解决，各种基础设施建设也必须配套同步进行，但在解决这些问题之前，首先必须扭转朱集村领导班子软弱涣散的局面。”

刘双燕想到做到。她从抓党建，抓班子建设入手，要求村两委干部在认真学习党中央国务院关于脱贫攻坚的各种政策文件精神的基础之上，迅速调整心态，以时不我待的信心和决心，把腰杆挺起来，把担子担起来。

领导干部尤其是党员干部的思想明确了，认识统一了，工作积极性被调动起来了，朱集村扶贫工作的困局，也就因此被顺利打开了，刘双燕自己也真的像一只衔泥的燕子，开始飞往各家各户了。

偏偏就是在这个时候，刘双燕的关节炎变得严重起来了，还没有走上10分钟的路程，双腿尤其是膝盖部位就疼起来，一疼就疼得钻心。到医院一检查，医生给出的结论是：髌骨软化症。髌骨软化症又称髌骨软骨软化症，是膝关节的一种常见病，对于症状比较轻的患者，只要积极配合治疗，注意休息，保持正常生活规律等，就没有什么大碍。然而刘双燕的情况，却已经从轻症转变成了重症，必须进行手术治疗了。

知道情况的人都劝刘双燕去医院做手术，她却笑笑，然后买来止痛膏药，买来理疗护膝，往膝盖上一贴一穿了事。后来疼得实在没办法，她就改骑电瓶车，继续“衔”着扶贫的春风，“飞”向每一个贫困的家庭。

每进一家刘双燕都像邻家媳妇串门，言谈话语都是柴米油盐，嘘寒问暖，聊得热乎了，这家的状况也就了解得八九不离十了。回到住处，再凭借超常的记忆力，把白天了解到的情况，一五一十写到她的驻村干部扶贫日记里面。

其实刘双燕每次出门，都是随身带着记事本的，但自从早几年前在陆小营村遭遇过几次白眼，碰过几次钉子之后，她就开始意识到这个问题了：你把笔一拿，把本子往桌子上一摊，你是进入工作状态了，但乡亲们的心却跟你拉开了距离，再也不愿意跟你说真话说实话，更不会跟你掏心掏肺了。所以，认识到这一点以后，刘双燕就开始不断注重加强培养和训练自己的记忆能力，也正因为如此，她之后才会与乡亲们走得更近，走得更亲，也走得更贴心。她的扶贫日记里，也才会留下一行又一行朴实无华的文字来：

“2014 年，周亚军的爱人脑出血，半身瘫痪。当时， 15 岁的女儿、 12 岁的儿子都在上学。在外打工的周亚军只能回到村里，一边照顾妻儿，一边种地……”

“54 岁的任大鹏腿脚不好，但他脸上始终漾起的那份憨厚的笑容，让人倍感亲切……”

“朱士海家的房子已经属于危房，必须尽快想办法解决……”

“周文峰夫妻都是残疾人，针对他家的现实状况，我的指导思想是‘扶贫先扶志’，所以我准备采取‘因人施策’的方法，对他家进行重点帮扶……”

“71 岁的朱连翠老人，每次见到我，都把我当成她的亲闺女……”

通过不断走访了解，刘双燕在把朱集村的底基本摸清楚之后发现，朱集村有发展养殖业的条件，懂养殖的人也不在少数，因此刘双燕集思广益，最终在村两委班子会上做出决定，在着力解决朱集村的修路问题、自来水问题以及各种基础设施建设的同时，尽快建一个畜牧水产养殖基地，这样既可以解决一部分贫困户的收入问题，也能够带动村集体经济的迅速发展壮大。为此她又与村两委班子做出明确的分工，她负责落实项目资金，班子其他成员负责落实养殖基地的人员配备、场地管理等一系列的具体事务。

很快刘双燕申请的 100 万扶贫项目资金到位，朱集村的田森特色种养基地正式宣告成立，正式投入规模化养殖，除了大面积养鱼、养鸡、养鸭与养鹅之外，还大面积种植蔬菜和果树，形成一条种养结合的生态产业链。

除了特色种养殖基地，刘双燕申请的种植经济林木、光伏发电等扶贫项目，也都在朱集村落了地生了根，一句话，朱集村的脱贫攻坚战已经进入最后冲刺阶段，而这时候，也到了刘双燕三年任期届满的时候。

是选择回城，还是选择继续留下来，刘双燕的心里开始矛盾起来。这一年，也是女儿冲刺高考的决战决胜之年。自己虽然是一位扶贫干部，但更是一位母亲啊。从女儿上初一，整整 6 年，妈妈没有陪伴过女儿一次，她亏欠女儿太多太多，关键时刻，如果有妈妈陪伴在身边，女儿是不是能够取得更好的成绩，给自己的人生交出一份最理想的答卷？

矛盾犹豫交织的刘双燕，在获得丈夫和女儿的理解和支持之后，最终选择了继续留任。

8 月的淮北平原，骄阳似火，赤日炎炎。那天，在完成了村子自来水接通、公路修建与电网改造的对接工作之后，刘双燕正在与一个名叫朱其伟的致富能人共同商谈如何在朱集村推广一种花期长、见效快、市场前景好又非常适宜一般农户种植的项目——黄蜀葵种植，以及商谈如何在朱集村尽快成立利辛县家得福农业有限公司的具体事宜，她的手机突然响了起来，刚一接通，就传来女儿撕心裂肺的哭声，刘双燕忙问怎么回事，女儿泣不成声地回答："俺爸突发心脏病……走了……俺再也见不到爸爸了……"

听到这里，刘双燕的眼泪立刻喷涌而出。

从最初到陆小营村担任驻村扶贫工作队长兼第一书记至今，她先是失去最亲的母亲，现在又突然失去最爱的丈夫，自己所患的髌骨软化症更是越来越严重，这样的打击对于她来说无疑是最致命的了。利辛县税务局的领导经过多次开会研究，决定调换其他同志来接替刘双燕的工作，但刘双燕却在忍受着巨大的悲痛，含泪送走最亲爱的丈夫之后，又擦干眼泪，重新回到了朱集村，回

刘双燕（左）和村民在黄蜀葵育苗基地移栽幼苗

黄蜀葵加工车间

如今的朱集村

到了她的工作岗位。

既然对于亲人的亏欠已经永远无法弥补，那就只能用百倍千倍的努力来坚决打赢朱集村的这场脱贫攻坚战。

“不获全胜，决不收兵。”刘双燕在驻村干部扶贫日记里重重写下了这八个字，以此来勉励自己，来激励和鼓舞自己的顽强斗志。

风雨过后是彩虹。

在刘双燕坚持不懈的努力之下，朱集村人不仅全部实现了脱贫致富的可喜目标，朱集村还以其美丽的村容村貌、生态环保的人居环境被评为2019年“安徽省美丽乡村示范村”，她自己也荣获了中央组织部、中央宣传部颁发的“最美公务员”等一系列荣誉称号……

王喜玲：致富不忘乡亲

本篇的主人公是一位名叫王喜玲的中年妇女，她曾身患癌症又中年丧夫，却从这样一种凄惨悲苦得不能说，一说都是眼泪的困境之中挣脱，不仅改变了自己的命运，成为致富能手，还带动400多户贫困家庭脱贫致富，并在2018年荣获“全国脱贫攻坚奖奋进奖”称号。

这个1970年出生的女人，虽然只有初中文化程度，却能说会道又精明干练，而且心思特别活泛，也特别有主见，无论做什么事情，都是行云流水，风风火火。她不仅很坚强，也很倔强，她想到啥就要干啥，从来都不拖泥带水。她认准了的事情，谁劝说都没有用，谁想拦也拦不住。她原本出生在陕西省咸阳市永寿县姚店镇一个普通的教师家庭，当她长到谈婚论嫁的年龄时，她却为了爱情把自己嫁到了宝鸡市扶风县召公镇吴家村一户马姓人家。

扶风县地处关中平原西部，属六盘山连片特困地区。

马家穷得叮当响，置办结婚酒席借了1000多元，之后为了生计，丈夫马新兵又贷款买了一辆拉运石料的拖拉机，全家累计背上了3000多元的债务。搁在今天，3000多元根本算不了一回事，然而对于20世纪90年代初期的一个贫困农家，那却是一笔天大的数目。

那有什么？不就是欠账吗？只要手脚麻利，只要不怕吃苦，还愁还不了欠账，过不上好光景吗？

从那时候开始，啥事来钱王喜玲就干啥，她先在路边开理发店，后来听说村里镇上的很多妇女到新疆帮人摘棉花挣了不少钱，她一招呼，村里30多位妇女就跟着她一起去了新疆。1999年，几乎是不由分说，她就把女儿马菲菲丢给奶奶，然后拽着丈夫马新兵，一车坐到新疆，到那里承包土地种棉花，4年后，夫妻二人带着种棉花挣到的1.6万元回了老家。回来之后，他们又在召公镇上租了一个门面房，开始做起了服装买卖。

卖衣服卖鞋子一年能有1万多收入，照理说，王喜玲应该安安心心把这个买卖做下去了，但当她听人说养猪一年能挣10多万元时，她的心就又活泛了，她随即跟丈夫马新兵算了一笔账：“服装买卖虽然风不吹日不晒雨不淋，可每年1万的进账，咱们家要等10年，才能够把新房子盖起来，所以我寻思来寻思去，觉着咱们也应该来养猪，你觉着呢？”

丈夫马新兵听了嘿嘿傻笑。

“你傻笑个甚？你倒是拿个章程呀。”

丈夫马新兵再次嘿嘿傻笑：“咱们家，你咋说就咋弄呗。”

于是，王喜玲就在2008年拿出那几年辛辛苦苦攒下的所有积蓄，又到银行贷了4万元，办了一个养猪场，买回了幼猪苗，从此正式开始了她的养猪事业。

哪知道偏偏天不从人愿，先是饲养上面七七八八的事情接连不断，把她折腾得七荤八素、焦头烂额，紧跟着生猪市场的价格又出现了明显波动。别人养猪的时候顺风顺水，猪肉的市场价格一天一个价地往上涨，轮到她的生猪出栏，整个市场上的生猪价格却一个劲地往下跌，王喜玲养猪两年下来，不仅一分钱没有赚到，倒赔进去3万多。直到2011年，她的养猪事业才慢慢走上正轨，市场的价格波动也渐渐趋于平稳。

也就是在这一年的9月，王喜玲检查出了子宫内膜癌。

王喜玲愣住了，也傻掉了。

你说这好端端的，咋就得了这个病呢？治这个病得花多少钱啊？这样一想，王喜玲就对丈夫马新兵说，这个病，咱们不治了，咱们还是回家吧。

丈夫马新兵却一把将王喜玲按倒在病床上："医生说了，你这个病发现早，只要手术成功，就能够保证你今后平安无事。"

"马新兵你疯啦？你知道治这个病要花多少钱吗？咱们家哪来恁多的钱？"

"是钱重要还是人重要？你就不要再多说了，哪怕砸锅卖铁你这个病也得治，这回你必须听我的。"

幸运的是，手术后王喜玲恢复得很好。

原本以为，一家人的生活从此可以渐渐转入正轨，哪里想到刚刚风平浪静了一段时间，2013年6月9日，这个让王喜玲任何时候回想起来都肝肠寸断的日子，如洪水猛兽——不，应该是泰山压顶一般，向她压了下来。她的丈夫，她在这个世界上最亲最亲的爱人，竟然被一场飞来横祸夺去了生命。

她的丈夫，这个叫马新兵的男人，当年是"千里姻缘一线牵"，她的娘家人不认可他，嫌他家太穷，但她不嫌弃，她只图他人好，她就是要嫁给他。事实证明她的选择是对的。他不仅人好，对她更是知冷知热、掏心掏肺。

可是，现在这个自己托付终身的男人，却被一场车祸夺走了性命。

丈夫殁了，这个家的天就塌了，王喜玲听到这个噩耗的时候，当场哭昏过去。

闻讯前来看望安慰王喜玲的众多姊姊妹妹们还没开口，自己先哭成了泪人。

老天爷真不长眼啊，王喜玲刚刚捡了一条命回来，现在她的丈夫——一个四十岁刚刚出一点头的男人，却被一场飞来横祸夺去了生命，如此残酷的打击，哪个人能承受得了？

那段日子，王喜玲天天以泪洗面。

原本就体弱多病的婆婆经受不住白发人送黑发人的沉重打击，突然卧床不起。

女儿马菲菲天天抱着父亲的遗像，茶不思饭不想。

关键时刻，吴家村原党委书记孙宏儒，陪同召公镇的领导来到了王喜玲家，孙宏儒还与镇领导协商，直接把王喜玲家的情况反映给扶风县县长，让县长亲自做王喜玲家的帮扶人。驻村帮扶干部齐军与当地的妇联干部，更是一次又一次登门拜访，他们不仅给王喜玲家带来党组织的温暖与关怀，宣布将她家列为吴家村的建档立卡贫困户，为这个遭遇不测的家庭及时解决许多迫在眉睫的实际困难，同时也希望他们重拾信心，重新鼓起生活的勇气。

这时候整整三个月没有迈出家门一步的王喜玲，终于又重新振作了起来。她首先满含热泪安慰婆婆："新兵虽然不在了，但您还有儿媳妇，还有孙女菲菲，家里哪怕只剩下一口，也会先给您吃。一句话，只要有您儿媳妇在，就不会再让您吃半点苦受半点罪。"

心里是这样想的，话也是这样说的，可是现如今家里除了 6 亩承包地和一屁股外债，是要啥没啥，往后的日子究竟应该怎么过，王喜玲心里一点底都没有，但王喜玲是一个懂得感恩的人。首先，别人在她家遭遇困难时候借出的每一分钱，都是情谊，她都要偿还，都要报答；其次，村里、镇上包括县里的领导都这么看重和帮助她，她觉得自己要是不干出一点名堂来，就会愧对这份深情厚谊。所以，她必须尽快重新找回自己，重新使出当初那股女汉子的劲头。

一次偶然的机会，王喜玲在听说有人靠种树苗赚了钱，脱了贫致了富。一贯敢想敢干的她，很快就把目光瞄准到发展苗木产业上来了。然而本钱从哪儿来呢？王喜玲找到了吴家村原党委书记孙宏儒和驻村帮扶干部齐军，向他们说出了自己的想法，希望能够得到他们的理解和支持。王喜玲希望自主创业，他们当然乐观其成。很快，在当地政府的协调帮助下，王喜玲获得了一笔 8 万元的贴息贷款，她立刻用这笔钱栽种了 5 亩白皮松和樱花树苗。

可是，苗木种植远没有王喜玲想象得那么简单，白皮松适宜栽植土层较厚、土壤肥沃、排水良好的地方，吴家村的土质虽然符合这些条件，但没有想到的是王喜玲买回来的白皮松树苗栽植下去之后的那年夏天，偏偏遇上大旱，而村里每天的放水时间却很有限，王喜玲不得不每天根据村里规定的放水时间去地里浇水，那天凌晨一点钟左右，在医院值夜班的女儿马菲菲试探着给母亲打了一个电话，竟然发现她那么晚还在地里给树苗浇水，女儿心疼妈妈，妈妈心疼女儿，说起生活的艰难与不易，娘俩在电话里哭了个稀里哗啦。

白皮松从种植到成材的生长周期比较长，短时间很难获利。而家里欠的债却像山一样，压得王喜玲喘不过气来。她等不起，也不想等。凭着对苗木市场有了一定的了解，王喜玲又开始做起了苗木经纪人。

王喜玲（左四）在苗木基地指导工人们修剪白皮松

然而，由于初来乍到，王喜玲几个月跑下来都没有开过一次张。

唉，真难啊。

但王喜玲偏偏不信邪。她认准了的方向，九头牛都拉不回来。王喜玲过去如此，现在仍然如此。

她不仅坚强，而且也很倔强。

她就不信她开不了张，她就不信机会会不留给她这个有准备的人。

机会终于来了——2 万棵核桃苗。

但那位老板的要求却很苛刻：一周之内必须全部交齐。

行！没问题！

这是王喜玲接到的第一笔订单。终于开张了，她高兴得差一点蹦起来。

王喜玲（右前一）利用网络直播帮助农户销售猕猴桃

可是，订单是接到了，货源呢？货源在哪里呀？

这个简单，路在脚下，货源肯定也在脚下。

王喜玲借来一辆摩托车，骑上去就走。

当上苗木经纪人之后，虽然几个月下来一单生意没做成，但是上什么山唱什么歌，扶风县与周边市县有几个苗木市场，王喜玲却已经打听得一清二楚，所以她现在只顾往前骑就行。这个市场没有她要的核桃苗，她就立刻赶往下一个市场，紧接着再赶往下下一个市场。

紧赶慢赶的路上，天公偏偏又不作美，下起了淅淅沥沥的小雨。雨一下，路上就变得湿滑，王喜玲驾驶着摩托车，一路小心小心再小心，没想到最终还是摔倒了。那一刻，她被重重摔在地上，门牙摔掉了一颗，满嘴都是血，那个痛啊……

但是王喜玲没有时间伤感，更没有时间悲痛。万事开头难，这第一单生意要是做砸了，那才是千痛万痛。所以，对她而言，确保 6 天之内向客户顺利交付 2 万棵核桃苗才是王道。

功夫不负有心人，王喜玲果然在第 6 天，如数完成了 2 万棵核桃苗的交接。这一次，她不仅净赚 1 万元，更赚到了信誉。在这位客户的引荐之下，王喜玲又接到了更大一单生意，给云南客商运送柿子树苗，一个月时间获利近 6 万元。

从那以后，王喜玲只用两年时间，就完成了她人生的逆转，不仅还清了全部欠债，还于 2016 年 11 月成为全扶风县脱贫攻坚“主动退贫第一人”。

预期的目标实现了，家里的收入增加了，新房子盖起来了，手头越来越宽裕了，日子越来越好过了。女儿菲菲的工作稳定

扶风县喜林苗木果蔬专业合作社苗圃

了，幸福指数一天比一天高了，婆婆的身体也变好了，脸上也有笑容了。

按理说，王喜玲这时候该松口气，歇歇脚了吧？

没有。

相反，王喜玲比之前更忙了，用她的话说："吃水不忘挖井人，一人富不算富，乡亲富才算富。"

王喜玲先是与贫困户马会强等5人成立了扶风县喜林苗木果蔬专业合作社，她任合作社理事长。合作社一经成立就不断流转土地，不断扩大生产规模，不断将周边的贫困户一个一个吸收、吸纳到她的合作社来，让他们跟着她一起发展苗木果蔬的种植，一起走脱贫致富之路。紧接着她更是借助媒体的力量，打响"喜玲"品牌，让更多的乡亲们搭上顺风车，通过勤劳致富的双手，把日子过得越来越红火。

王新法：退伍不褪色

荣登“中国好人榜”的王新法，是“一个高尚的人，一个纯粹的人……一个有益于人民”的大写的人。

王新法是河北省石家庄市人，生于1953年，1968年穿上绿军装，成为一名光荣的中国人民解放军战士，14年之后的1982年，王新法从部队转业分配到石家庄市公安局，当上了一名人民警察。无论是在人民军队还是在公安战线，王新法始终都是革命工作的一颗螺丝钉，哪里需要哪里拧。

然而，意想不到的是1987年王新法在侦破一起盗窃案时，遭遇了暗算。案犯突然颠倒黑白，反咬一口，诬陷王新法收了他们1500元的好处费。王新法最终被定了敲诈勒索罪，判处了1年6个月的刑期，并被开除了党籍和公职。

1年6个月的牢狱之灾结束之后，王新法一边摆地摊谋生，一边申诉，以证明自己所蒙受的不白之冤。后来，王新法开始开货车跑长途，之后又与部队战友合伙开煤矿，攒下了百万家产。

生活虽然有着落了，手头也宽裕了，但王新法的心结却始终无法解开。他堂堂正正做人，何错之有？他对党对人民始终无限忠诚，怎么可能拿犯罪分子给他的好处费而徇私枉法？

他是清白的。他必须为自己讨回公道。

转机出现在2008年5月。有一天，王新法结识了石家庄市新华区合作路街道办事处社会事务办主任曾德美。曾德美是湖南石门县人，她是作为一名军嫂留在石家庄市参加工作的，之后由于工作能力强，办事出色，又是个学法律的高才生，因此，还成功当选第十二届石家庄市人大代表。

曾德美与王新法一见面，一接触，一交谈，就被王新法身上的那股军人气质所感染，开始整理相关报告材料，以石家庄市人大代表的身份，为王新法的事情积极奔走维权。通过曾德美几年的不懈努力，2012 年 9 月，石家庄市中级人民法院正式宣告王新法无罪，石家庄市直工委也恢复了他的公职和党籍。

拿到无罪判决书的那一刻，王新法哭了。男儿有泪不轻弹，只是未到伤心处。对于王新法来说，他的名誉比他的生命宝贵百倍千倍万倍。他终于被证明是清清白白的了。他终于可以重新挺起腰杆堂堂正正做人了。

拿到恢复党籍的批复，王新法更是热泪盈眶，心潮澎湃。第二天，他就赶去石家庄市公安局，交了 300 多元的党费。紧接着又找到曾德美，心情激动得像个大男孩，握住曾德美的双手，久久不愿松开，一迭连声地说："曾大妹子，您让我如何感谢您才好啊？"

曾德美笑了。没想到，这个年龄已近花甲，但鼻梁依然高挺，双眼依然炯炯有神，腰板依然笔直的七尺汉子，竟这么重情重义，她想来想去，不知道说什么好，最后开玩笑道："如果你真要谢的话，我老家湖南石门县薛家村一个村就有 40 多名单身汉，你看看，能不能想办法帮他们一把。"

曾德美的一句玩笑话，王新法却当了真。回到家，他就跟爱人孙景华说出了自己的想法，要她代替他先去湖南看一看。做妻子的心里明白，丈夫是要报答曾德美的恩情啊，可是，报恩的方式和途径太多太多，又何必非要采取这一种？再说，她体弱多病，他又不是不知道。但王新法顾不了那么多，他说他是因为自己脱不了身，才不得不劳驾夫人，孙景华拗不过丈夫，只能奉命行事，而且去了一次还不行，还非得像走亲戚一样去第二次，第三次，非要她把曾德美老家的情况走访了解得一清二楚。就这样还不够，王新法自己还亲自去了一次。

2013 年，王新法办理好自己的退休手续之后，就带上简单的行装，只身来到了湖南省常德市石门县南北镇的薛家村。

薛家村位于湘鄂边境，地处武陵山脉腹地，这里群山怀抱，峰峦叠嶂，景色宜人，自然环境非常优美。像所有贫困山区一样，薛家村地处深山，偏远闭塞，交通极其不便。

薛家村全村 309 户 980 人，五保低保困难户 87 户，因贫困而离异家庭 22 户，30 岁以上未婚男女 41 人，三分之一村民外出打工，村子里留守老人、留守孩子占了总人数的一大半。

那天，当穿着一身迷彩服的王新法，带着自己的铺盖卷，风尘仆仆走进薛家村党支部书记覃遵彪的家，并说明了自己的来意之后，覃遵彪的眉头拧成了一个大大的疙瘩：“你说的都是真的？”

王新法认认真真地点头回答：“是真的。”

覃遵彪还是不敢相信，就为了一个感谢，就千里迢迢来到薛家村，来帮助薛家村人脱贫致富？眼前这个叫王新法的男人，他说他今年 60 岁，刚刚退休，他竟然为了一个感谢，就放着城里的好日子不过，就有福不享，他是哪根筋搭错了，发傻了呢，还是——一个骗子呢？好在薛家村一穷二白，实在没有什么东西好骗，他想留下来就让他留下来吧。

就这样，王新法在村党支部书记覃遵彪的安排之下，找到了村

王新法在勘测

民曾德义家弃置多年的一栋老旧木板屋，然后将里面打扫干净，再把铺盖卷一放，就算把自己安顿了下来。

让王新法没有想到的是，这里刚刚安顿好，昔日的战友接到他发出的倡议书之后，竟然也纷纷表示愿意加入他的扶贫队伍里来。王新法为此激动不已，他立刻将平反昭雪获得的那笔60多万元的补偿金拿出来作为自己的扶贫启动资金，并在他居住的那所老木板屋门前，挂出了“与民共富军人团队”的牌匾，正式宣布湖南薛家村（土家族）共同富裕合作社成立了。

为了更快更好地进入角色开展工作，王新法利用两个月的时间，踏遍了薛家村的山山岭岭、沟沟坎坎，并挨家挨户找人拉家常，了解情况。村里人多，很难记住每个人的名字，王新法便给许多人取了有趣的绰号，如“捞鱼兄弟”“砍刀兄弟”“楠树兄弟”“时尚大姐”“蜜蜂妹子”……

“不知怎么回事，这些绰号从他嘴里叫出来，叫人听着反倒那样亲切。”被称作“捞鱼兄弟”的村民傅薄衣如是说。

在对薛家村深入走访了解的过程当中，王新法听说了这样一件往事，那是在1931年中央红军一次“反围剿”战役中，驻守湘鄂西根据地的红四军被偷袭，一个连的红军战士，冲入敌阵地，以死相搏，拼至弹尽粮绝，最后退至薛家村附近的剪刀峡绝壁顶上，为了不做敌军俘虏，这些红军勇士最后舍身跳崖，英勇就义。当时一些农会会员冒着生命危险，在剪刀峡一带，共计找到68具烈士遗体，并随即将他们悄悄掩埋在薛家村附近的5个地方。听完这样的战斗故事，军人出身的王新法顿时被这些英烈们的伟大壮举深深震撼，心里很受触动，薛家村的路要修，桥要架，饮用水问题要解决，但要挖掉薛家村的穷根，薛家村的红色基因不能丢，革命传统不能丢，扶贫必须先扶志。所以他决定，首先要在薛家村建一座烈士陵园。

经过将近一年时间的艰苦努力，薛家村终于在海拔1190米的六塔界山顶，建起了山河圆生态烈士陵园，陵园建成之后，王新法又迅速带领知情人士，将68位红军烈士的遗骸，隆重庄严地一一迁葬到这里。

这座烈士陵园的建成，不仅具有象征意义和纪念意义，更是一种精神财富的发扬与传承。回顾伟大党的发展历史，不正是凭借这种精神力量，由小变大，由弱变强，最终一步步壮大起来的吗？

修建烈士陵园的同时，修路、架桥、解决饮用水问题，也在同步推进，尤其是缺少饮用水，那是迫在眉睫必须尽快解决的大问题。王新法早在第一次来薛家村的时候就已经了解到，薛家村第6村民组的水质严重不合格，村民喝水全部指望老天下雨，所以他一到村里，就把它列入了几件亟待解决大事的首位。经过多次带人翻山越岭的寻找，有一天他终于在六塔界的半山腰找到了一个很大的泉水源，之后又专门请专家现场考察评估，等到确定它是一个取水源之后，王新法立刻出资并带人修建了两个蓄水量均为50立方米的蓄水池，铺设了一条5000多米长的输水管道，让第6村民组的群众从此喝上了干净放心的水。

从住进那栋木板屋的第一天开始，王新法就把自己的闹钟定在了5:47，然后开始从早到晚不停地在薛家村奔波忙碌起来。之后有一部根据王新法真人真事改编拍摄的电影片名就叫《5:47》。

“天地之间有杆秤，那秤砣是老百姓……”

慢慢地，王新法赢得了薛家村人的信任和赞誉。2014年4月，在村委会换届大会上，王新法被干部群众推举为“名誉村长”。

2015年的农历小年，薛家村的村两委干部和群众吹着唢呐、敲着锣鼓、提着慰问品，一起走到王新法住的那栋老旧木板屋，来给他拜年。村民白芳梅手举连着缨子和根的萝卜对王新法说：“我没有啥子好送给你的，这是我自己种的萝卜，缨子代表我们像亲人一样亲，根代表我们的心永远在一起。”

王新法激动得无以言表：“这是我这辈子收到的最贵重的一件礼物，我一定好好珍藏！”说到这里，他啪的一个立正，然后举起手，向全体乡亲们敬了一个最高标准的军礼：“我虽然是一名退伍军人，但我退伍不褪色。我会永远忠于使命，永远和乡亲们待在一起，我没有别的要求，只要到那时候，给我在六塔界留个坑就行了。”

誓言铮铮，誓言铿锵。

没想到两年之后的2017年2月23日，王新法却因为劳累过度，突发心肌梗死，从此长眠不醒。

薛家村党支部书记覃遵彪眼含热泪回顾说：“王新法来薛家村只有短短的 4 年多时间，但在这 1700 多个日子里，王新法和他的团队却带领村民拓宽了 10 多公里的村道，架设了 6 座桥梁，劈山炸石修建了 5 公里的山道，还把村通组道路修到了 30 多户村民的家门口。尤其是他带领乡亲们开发的 1500 亩生态茶园，那是真正的聚宝盆，它使全村人的平均收入从 2000 多增加到了 6000 多元，而我，一开始跟许多乡亲们一样，还认为他是一个骗子……”

说到这里，覃遵彪早已经泣不成声。

“与民共富军人团队”常年驻薛家村中的一位军转女参谋谢淼，泪眼婆娑地整理王新法遗物的时候发现，王新法仅有的几身衣服，除了迷彩服还是迷彩服，鞋子也还是那几双军用半筒靴，背心和外衣都磨破了，补丁一个连着一个。给王新法入殓时，竟找不出一身像样的衣服。而在她掌管的流水账簿上，王新法的开

王新法（中）带领群众在修路架桥

支却是那样大方：修山河圆烈士陵园，他拿出了64万元；修建第6村民组蓄水池，铺设输水管道，他拿出了10万元；修下河通村通户路，他拿出了10多万元；成立五行缘公司，他为公司的启动拿出了30万元；修后湾石桥，他又拿出了2万元；给乡亲们免费赠送节能灯、节能燃气灶，他掏出了1万多元……总计达120万元之多。

王新法和妻子的退休工资分别为4000多元和3000多元，妻子孙景华体弱多病，一大半的退休工资都用于买药，日常开销自然捉襟见肘；女儿王婷、女婿谭锐分居两地，一个在石家庄，一个在北京，女婿迄今还在北京租房居住……

2017年2月26日，天空湛蓝，云海翻滚，从石门县殡仪馆到薛家村，上万群众百里相送，薛家村人个个泪流满面，将王新法请回山河圆，在那面常年迎风飘扬着的鲜艳的五星红旗的指引下，王新法成为六塔界烈士陵园里面第69名烈士。

“燕人重义，一腔碧血肥湘土；楚天多情，满目红云载雄魂。”

巨大的挽联，寄托了人们对王新法这位扶贫老兵的深切哀思和无限缅怀。

闻彬军：生态农业玩出新花样

神峰山位于湖北省黄冈市英山县。神峰山下的玉带西河蜿蜒荡漾，山连着水，水连着山，山水相连，相映成趣。神峰山不仅险峻秀丽，地理位置也非常重要，历史上历来都是兵家必争之地，素有“鄂皖咽喉、江淮要塞”之称。

神峰山不仅地理位置重要，景色宜人，神峰山的美丽传说更是神奇迷离，数不胜数，有文字记载的最起码可以追溯到唐朝，说是很久以前，这里原是一片开阔的田野，是个盛产稻谷和桑茶的好地方，可是有一天夜里突然电闪雷鸣，风雨交加，那轰鸣雷声，简直开天辟地，排山倒海……

直到第二天黎明时分方才雨过天晴，老百姓起来一看，全部惊呆了，眼前突然就耸立起一座山峰来了，它不仅高耸巍峨，孤峰独傲，气势雄伟磅礴，怪石嶙峋，而且云蒸霞蔚，云雾缭绕，烟雨蒙蒙，仿若紫气东来，如仙如幻，简直犹如仙山佛地一般。此事一传十，十传百，最后竟然传到皇帝那里，皇帝一开始似信非信，于是便派钦差大臣前来一探究竟。钦差大臣来看了之后，也连连惊叹不已，人们从此便把它称作神峰山……

传说毕竟只是传说，它再美妙动人，终究也只是看不见，摸不着。然而，如今坐落在神峰山下的神峰山庄，却向世人展示了一个实实在在、看得见摸得着的当代传说，听起来同样美妙动人。

这个当代传说的主人公，就是 2018 年“全国脱贫攻坚奖奉献奖”获得者，他的名字叫闻彬军。

闻彬军 1973 年出生，湖北英山人。

湖北省英山县，地处大别山腹地，属于革命老区，2014 年建立贫困人口档案的时候，总人口不到 40 万的英山县，贫困人口就有 10 万之多。

闻彬军的父亲闻继刚、母亲郑桂兰虽然在当地开照相馆为业，但其收入实在微薄，只够一家五口紧紧巴巴勉强度日。闻彬军后来回忆，从根本上来说，他是个穷孩子出身，从小到大，父母亲除了确保他和弟弟妹妹吃饱穿暖，没有给过他们任何物质上的享受，他们兄妹三人穿的衣服，基本上都是“新三年旧三年，缝缝补补又三年”，但父母亲却给了他们无比宝贵的精神财富和良好的家风传承，概括起来就是：努力进取，积极向上，勤俭持家，吃苦耐劳，有舍有得，不舍不得。

闻彬军长得敦实憨厚，皮肤黝黑。从外貌上看，他实在不起眼不出众，但那双黑亮有神的眼睛每一次眨动都透露出了他的精明睿智与桀骜不驯。

闻彬军 1993 年考取了湖北大学生命科学系，走出了大山。

大学毕业后，他应聘去了江苏一家知名度很高的食品公司干销售，凭借“穷孩子不怕苦不怕累”的韧劲、冲劲和干劲，他很快做到了这家大公司的全国销售冠军。

按理说站上这样一个高平台之后，闻彬军接下来应该稳扎稳打才是，他不，他于 2000 年离开了那家大公司，与朋友一起去了首都北京，开始走上了自主创业之路。短短几年时间，他就先后创办了北京江中药生物研究所等多个公司，注册了数以百计的产品商标，创造了年销售收入过 4 亿元的辉煌业绩。

闻彬军因此不仅在北京城买了房子，给父母在乡下盖了新房，连弟弟妹妹们也都得到了他的雨露阳光，全家人都过上了梦寐以求的富裕生活。

在北京站稳脚跟，有房有车，有产有业，这是多少人梦寐以求而不得的事情啊。按理说，闻彬军这下应该知足常乐了吧？他不，他竟说服妻子葛春宁，跟他一起回到了湖北英山的老家。

为什么？因为他与妻子葛春宇每次回老家过春节的时候，发现乡亲们依旧过着节衣缩食的日子，更有许多贫困家庭还在温饱线上下苦挣苦熬。

“有舍有得，不舍不得。”这是老祖宗留下来的优良传统，也是闻家代代相传的良好家风。闻彬军通过自己的努力改变了家庭的命运，让一家人都过上了丰衣足食的好日子，他为什么不能通过自己更进一步的努力，来改变家乡的贫困面貌，让他的父老乡亲都能够过上好日子呢？

闻彬军带着这样的一颗心回来了，回到了他的桑梓之地。

回到家乡准备大展宏图的闻彬军，自然雄心勃勃，踌躇满志。他首先出资注册成立了千禧生态农业公司，然后在神峰山下开始建造神峰山庄，紧接着开始招兵买马，并按照他的发展思路和发展理念，开始培训员工。为了牢固树立每一个员工的理想信念，更为了锻炼他们的胆量和心智，闻彬军要求他们都站到马路上去，大声说出自己的名字，大声喊出自己的口号。与此同时，他还外聘了舞蹈、声乐老师，来给员工们讲授和培训表演、礼仪等方面的知识，要求他们在工作期间，注重自己的衣着装扮、容貌修饰、仪表仪容和一颦一笑，让“宾至如归”这一服务理念，真正体现到他们的每一个细微动作上面。另外他还从中专门挑选能歌善舞的女员工，成立一支文艺表演队伍……

然而，让他没有想到的是，无论从最初在江苏那家知名度很高的食品公司干销售，还是之后在北京自主创业成立几个公司，他始终都做得风生水起、得心应手，几乎可以说是一路畅通无阻，偏偏回到自己的家乡之后，他一以贯之的那种发展理念和经营模式，却遭到了种种挑战，遇到了重重阻碍，最后甚至连他的父母都对他的做法皱起了眉头，表示很不理解，也更无法接受。让他更没有想到的是，当他提出要在神峰山庄建大型水上餐厅，建电影放映厅，建北京四合院，建养老别墅，建会议中心，建休闲娱乐设施等想法的时候，本来跟他合作好好的几个家乡伙伴，包括他的堂兄弟，却都很不以为然，都认为他疯了，最后竟然跟他说散伙就散伙了。千禧生态农业公司开张刚刚3个月，随即说关门就关门了。

这是闻彬军第一次栽这么大的跟头。

他一下子栽懵住了。

是不是自己错了？

是不是之前走的路太顺了，自己有点飘飘然，有点得意忘形了？

抑或自己放弃在北京打拼出来的那片天地，不好好在那里守业，却坚持要回到家乡，寄希望于通过自己的努力，能够带领乡亲们走共同致富道路的初衷就是一个错误？

如果说“有舍有得，不舍不得”是一种做人准则，那么“穷则独善其身，达则兼济天下”则是做人的更高一层境界了。然而你闻彬军又“达”了什么？即便你怀有这份胸襟，但你具备了这份能力没有？你是不是过于高估了自己因而有点好高骛远了？

自己究竟错在哪儿了呢？

闻彬军既郁闷又百思不得其解。

现在应该怎么办？是知难而退，还是逆风而上、激流勇进？

那几天，闻彬军天天在神峰山下的玉带西河畔徘徊。他觉得他确实需要冷静思考一下，也更有必要将自己的思路重新理一理。

恰恰就在这个时候，金家铺镇黄林冲村的党支部书记汪世雄找到了闻彬军。这个当过6年兵的退伍老兵快人快语，他开门见山地说，黄林冲村虽然离闻老板的神峰山庄远了一些，但却是唇齿相依的邻居，有道是远亲不如近邻，他希望闻老板在发展神峰山庄的同时，也能给黄林冲村分一杯羹，合作共赢……

闻彬军当时只是微微一笑，没有给汪世雄明确的答复，但当他听说，这位61岁的老支部书记，为了修建阻碍村民出行的黄林冲大桥，竟然拿出自己小儿子的车祸赔偿金代付建桥工程款这件事情之后，闻彬军的心被震动了。什么叫主心骨？汪世雄老支书就是人民群众真正的主心骨啊，这种自利更利他的行为，就是对“达”字最好的注解啊。

那一刻，闻彬军感觉心里有一股暖流在涌动，他感觉自己一下子找到了他想要的答案，他举起双手，面对神峰山做了一个“V”字动作，它既表示决心、信心与信念，也表示胜利终将属于他。

很快，闻彬军的湖北先秾坛生态农业有限公司宣告成立，公司也很快从神峰山庄的大本营孔家坊乡的新铺村以及周边相邻的金家铺镇黄林冲村、郑家冲村、岳家冲村等，先期流转了大片土地，作为公司的种养殖基地，并与农户签署了种养殖合作协议，协议明确了双方的权利和义务，公司给每亩地的流转费为一年600元，农户在基地做工，一年保底收入3.6万元，基地另外还有分红，三者相加起来，农户的收入基本上可以翻番。

闻彬军（右二）在蔬菜基地教授育苗技术

与此同时，公司对种养殖基地的所有农户也进行了明确要求和规定，他们种植的蔬菜瓜果，都必须坚持不施一粒化肥，不打一滴农药；他们喂养的所有家禽包括水产品，都必须确保不准喂食任何添加剂饲料；他们喂养的生猪品种，必须确保绝大部分都是黑禧猪，而且必须喂养一年以上才能出栏提供给山庄。

所有养猪户的猪圈底下都建有沼气池，他们家所养的猪，不仅不准喂食任何添加剂饲料，而且其喂养的猪排泄出来的粪便，都顺着专门管道流入沼气池。沼气池产生的沼气，再通过专门的管道连接到每一个农户的灶台，而沼气池里面留下的沼渣，则被统一运送到蔬菜种植基地，作为有机肥撒到地里，为蔬菜生长提供充足的养分和养料，从而真正形成一条完备的生态产业链条，为神峰山庄建立一整套无公害绿色食品奠定了最坚实的基础。

闻彬军在努力打造这条完备生态产业链条的同时，更在打响神峰山庄的品牌方面，铆足了劲头，下足了功夫。他要求他的团队包括每一位员工确保做到，让每一位来到神峰山庄的客人，都能饱览神峰山的秀丽，体验神峰山如诗如画的美景；都能饱尝神峰山人为他们提供的每一道美味又环保的农家菜肴，即使吃一块糍粑，喝一碗豆腐脑，都能尝出小时候的味道；都能在欣赏神峰人表演《印象大别山》的时候，重温那段红色峥嵘岁月……

闻彬军的目标是要把他的山庄打造成中国现代农业的新地标，他现在所开发的大别山新文化 + 新农业 + 新健康复合运营模式，将成为中国农业的一个新亮点。闻彬军认为，他为之呕心沥血奋斗的事业，正是在一步一个脚印地忠实践行“绿水青山就是金山银山”这个伟大的发展理念。

也正因为确定了这个核心思想，所以神峰山庄的整个发展模式始终都是“主题先行”的，所以闻彬军才会非常明确规定和严格

农户陈念林在神峰山庄的技术指导下成为定点养殖大户

要求他的团队包括山庄里面的每一位员工，在确保每一位来到神峰山庄的客人都能吃好、喝好、玩好——纵情享受神峰人给他们带来的愉悦欢乐的基础之上，更能领略和聆听神峰人所倡导和传递出的生态绿色环保理念，从而进一步加深对生态农业、绿色农业、循环农业和文化农业的印象。只要达到这个目标，神峰山庄的品牌就会越打越响亮。

事实也的确如此，无数到过神峰山庄的游客，不仅对吃、喝、游、玩、住都留下了“宾至如归”“好吃不贵”“开心益智”的深刻印象，更对神峰人向他们倡导和传递出的生态绿色环保理念赞不绝口。

如今，闻彬军创建的神峰山庄已经被国家有关部门正式确定命名为中国生命谷、国家运动员绿色食品基地，同时也成为湖北省农业产业化重点龙头企业，国家 AAA 级旅游风景区。

闻彬军（左）在给当地的农民培训

神峰山庄全貌

短短几年时间，神峰山庄就为大别山国家连片特困地区培养了1万余名新型职业农民，公司直接安排就业人员达3456人，对接帮扶贫困户1204户3611人，年均为贫困对象直接增收2.9亿元，神峰山庄的生态农业直接带动英山县及周边大约7万农民走上了脱贫致富之路，也为大别山3省19县精准扶贫和乡村振兴树立了一个全新标杆，探索出了一条成功的路径。

徐冬梅：冬梅傲雪绽放

梅花不畏严寒，傲立雪中，是一种象征，象征坚韧不拔，百折不挠，奋勇当先。几千年来，梅花那迎雪吐艳、凌寒飘香、铁骨冰心的崇高品质和坚贞气节，鼓舞和激励了一代又一代中华儿女不畏艰险，勇于开拓，谱写了一曲又一曲时代最美赞歌。

带着抗癌药重返扶贫第一线，2018 年，被授予“全国脱贫攻坚奖贡献奖”荣誉称号的徐冬梅，就是这样一支傲雪梅花。

徐冬梅，1962 年出生，安徽省行政学院副教授，九三学社社员。

时间还得追溯到 2009 年，徐冬梅受邀去给一个县长培训班讲课。为了不辱使命，把荣誉看得比生命还宝贵的徐冬梅，在准备讲课大纲之前，决定先去农村进行一次实地走访调研，手中有粮，心中不慌嘛。就是这次淮北之行所看到的农村现状戳中了徐冬梅内心最柔软之处，从那时候开始，她就萌生了一定要到农村帮助农民的想法。

自全国扶贫工作进入关键阶段，各党政机关单位经常选派扶贫干部到农村参加扶贫工作以来，徐冬梅就开始多次向组织申请，要求将她派往基层，去尽她所能帮助贫困群众，但都未能如愿。

直到 2017 年 4 月 27 日傍晚，学院党委正式通知徐冬梅：安徽行政学院驻王寨村扶贫工作队队长徐杰，副队长徐冬梅，队员扶贫专干赵成才、唐基元，请于 4 月 28 日早晨 6:30 准时出发，去安徽省阜阳市颍泉区伍明镇王寨村报到。

得到这个消息，徐冬梅激动得彻夜难眠，第二天一大早，他们一行四人，就坐上队长徐杰的私家车，从省城合肥出发，一路风驰电掣到达了目的地。

王寨村地处颍泉、太和、利辛三县区交界处，是一个出了名的贫困村。

尽管来王寨村之前，他们已经做好了各种思想准备，然而现实情况，却远比他们想象的还要困难。村里没有自来水，从井里打上来的井水又苦又涩，难以下咽，出生和长在南方的徐杰，还没等住下来，就因为水土不服，而出现腹泻，结结实实被打了个下马威。但徐杰年轻，又是队长，虽然眉头直皱，最终还是咬牙挺住了。赵成才和唐基元呢，也都年轻力壮，血气方刚，参加扶贫工作队，本来就是他们主动请缨争取来的，困难再大，也没有他们的决心和信心大。倒是徐老师，工作队里年龄最大，又是女同志，这才是他们最担心的。

徐冬梅马上笑着做出回应："你们能克服的困难，我就更不在话下。"

四个人都是学院各学科的优秀骨干。四个人都怀有一颗报效国家的赤子之心。为了共同肩负的使命，四个人组成的这支扶贫工作队，就是一个战斗整体，只要四个人的心紧紧贴在一起，就会攻无不克战无不胜。

安顿好行装，打理好住处，四人工作队就立刻进入工作状态。按照扶贫工作的流程和要求，他们用了不到一个月的时间，就完成了走村入户的走访调查任务。当他们坐下来整理手中的走访记录材料时，四个人的嘴巴不约而同地张成了一个 O 形：王寨村 18

个自然村1558户人家，7000亩土地。除了缺水少电、道路泥泞难行、沟渠垃圾成堆等一系列问题之外，2016年村集体收入竟然仅为6000元，村委会还倒欠村民9000元，而村民们的人均年收入不到2000元。

王寨村基础设施非常薄弱，产业更落后，全年两季作物，一季麦子、一季玉米，一亩地的收入，恐怕在全国都能排在倒数的位置。

在徐冬梅和她的扶贫工作队的眼里，王寨村的天空只有两种颜色：第一种颜色是灰色，第二种颜色是黑色。

他们原本以为，这里没有什么工矿企业，没有什么污染气体排放，这里的空气质量应该是没有什么问题的。可是，让他们没有想到的是，这里的天空竟然是灰色的，极少能见到蓝天白云，空气中弥漫着呛鼻的颗粒物以及难闻的牛羊粪便的气味，还有漫天飞舞的杨絮。村中的道路，除了一条新建的水泥路之外，几乎都是晴天一身灰、雨天一脚泥的土路。

再有的就是牛羊的粪便是黑色的，入夜的村庄是黑色的，村里的农业发展计划也是两眼一抹黑。

这就是王寨村的现实。

这就是扶贫工作队每个成员的扶贫手册上记录下来的实际情况。

问题已经一个个摆在了面前，如何做到因村制宜、因户施策？又如何做到精准识别、精准扶贫？这些都是亟待解决的现实问题。

四人同心，其利断金。

一个月后，经过反复讨论研究，他们很快为村里量身定制了一年计划和三年规划。紧接着，四个人又做出了明确分工，真正做

徐冬梅（左二）和农民朋友们在田间检查中草药作物的长势

到各司其职。他们出思路、跑项目、拉赞助、筹资金，因地制宜地开展综合扶贫工作。仅过了半年多，村里就变了样：逐步实施了自来水工程、光伏发电站建设，并同步开展了环境治理工作、贫困儿童救助、贫困家庭对口帮扶等一系列扶贫工程，与此同时，还很快恢复完善了党员活动室、村民服务大厅、电子商务扶贫驿站、村民文化健身广场之类的基础服务设施。

用徐冬梅的话形容，这是王寨村从“输血模式”逐步向“造血模式”的一种过渡。要想让王寨村真正出列，还必须在提高整个村子的造血机制和造血功能上下功夫，而要达到这个目的，首先要将发展壮大村集体经济作为切入点。

王寨村集体经济基础虽然薄弱，产业结构单一，但村民有中药材、凤仙花、红薯粉丝加工制作包括家禽的种养殖传统，只要把大家组织起来，成立专业种养殖合作社，扩大种养殖规模，就能够促进产业的升级改造，就能够从根本上解决村民与村集体经济的收入来源问题。另外，大力鼓励和帮助贫困户家庭开展猪牛羊等家禽的养殖，也是一条增加村民收入的不二渠道。

再有就是治贫先治愚。

村里有一位叫张克江的村民，腿脚三级残疾，一辈子没有婚娶，是徐冬梅的重点帮扶对象。徐冬梅第一次走进他家，就被屋子里的景象惊呆了，整个环境就是脏乱差。白天去没找到他，晚上再去的时候，家里依然是黑乎乎一片，那时候张克江已经躺在羊圈边上的一张小床上，床头边上还有几只小羊头在那里晃来晃去。徐冬梅问他为啥睡在羊圈里，他的回答让人听了更是心酸，说是怕他养的羊被人偷了。

张克江的这种情况，让徐冬梅深深感觉到，根治贫穷，首先还是要从改变落后观念开始。通过一次次走访，她一边反复劝导张克江改变生活方式，说明人畜混杂的危害；另一边又从各方面帮助他分析查找造成贫困的原因，并反复向他宣讲国家的扶贫政策。

在徐冬梅细致入微的帮助下，张克江不仅很快转变了思想观念，种植习惯也发生了改变，改种了附加值更高的中草药，羊也由圈养改成了草地喂养。一年不到的时间，张克江家里的卫生条件得到了根本改变，人也变得清爽起来，收入更是从原先的年收入 1500 元左右猛增到近万元。

王寨村有一个 5 岁的小孤儿，名字叫赫登清，非常孤独，也非常可怜。徐冬梅知道情况后，无论工作多忙多累，都要抽时间去看望他，除了给他带去生活的必需品之外，更多的是给他带去母亲一般的温暖和关怀，之后还专程带他到省城合肥，让他接触更广阔的外部世界，让他充分感受人间真情，从而健康活泼地成长。

村里有一位名叫吴翠琴的妇女，丈夫早逝，她一个人带着 3 个孩子生活，家里唯一的收入来源，都指望几亩承包地，每天的日常生活都难以为继。了解情况之后，徐冬梅就和工作队队长徐杰一起，反复与镇、村领导交流学习党中央国务院颁发的一系列扶贫政策和相关文件精神的心得体会，最后终于将吴翠琴一家纳入低保范围，徐冬梅又拿出 900 元钱，作为吴翠琴女儿的学费，真正解决她的实际困难，让她重拾生活信心，之后又介绍她到村里刚建立起来的扶贫车间上班，这样既能使她增加经济收入，又能

徐冬梅（右）在帮扶孤儿

就近照顾到家里的孩子。

从入住王寨村第一天开始，徐冬梅和她的扶贫工作队成员，就像战士接到坚守阵地的命令，始终吃苦在前，冲锋在前。

不到一年的时间，王寨村的灰色和黑色，就变成了亮色和白色：村庄亮了——有了热闹的村民文化广场，有了明亮的路灯，有了 24 小时值班的村民服务大厅；村民的气色也亮了——话多了，活动多了，爽朗的笑声也多了；水泥道路穿村连门，白晃晃得耀眼；沟渠整治后，银波荡漾；白色的红薯粉采用古法炮制，加工制作出雪白干净的红薯粉丝，通过电子商务扶贫驿站被打造成线上线下都受人喜爱的网红产品。

不到一年的时间，徐冬梅的扶贫笔记就写了整整 5 本，正如她

王寨村村民文化广场

王寨村经过环境整治后的环村大渠

在微信朋友圈里所写的那样："当个人理想与组织需求相契合时，那叫幸福！"

是的，当一个人把工作当成快乐，把付出当成一种生命的必须，那么她或他的人生就必定是忘我的，也是最充实最幸福的。

然而，谁都没有想到，2017 年 11 月 5 日，徐冬梅回合肥参加单位组织的体检时，却查出肺部长了肿瘤。徐冬梅当时就发蒙了：怎么可能？会不会搞错了？

还是按照体检医生的要求，去找专家诊断一下吧。

可是，万一确诊了呢？

王寨村的扶贫工作正值关键时期，任何一个差错都会前功尽弃。首先，村民文化广场还正在建设当中，有些村民还不肯置换地块；“一村一品”工程正在推出，有的村民还不愿意进行土地流转；电子商务扶贫驿站还需要安徽行政学院和九三学社的专家们来进行具体指导和不断充实完善。

最最关键的还在于，马上就要进行扶贫工作验收了……虽然说他们四人扶贫工作队是一个战斗序列，是一个整体，但具体工作还是有明确分工的，每个人都有每个人的战斗岗位，每个人的战斗任务都很艰巨，是缺一不可的，如果自己这时候停下脚步，岂不等于拖了整个战斗团队的后腿？

不行，无论如何都必须回王寨村。

就这样，徐冬梅收起那份体检报告，毅然驱车返回了王寨村。

为顺利完成这次扶贫工作验收，在队长徐杰的带领下，徐冬梅和赵成才、唐基元夜以继日，加班加点，有时候经常一干就是十几个小时，在大家的共同努力之下，王寨村最终以优异的成绩通过了第三方评估，全村 178 户 379 人当年顺利脱贫，没有一个回退。

等到这项工作终于告一段落，大家都松了一口气之后，徐冬梅这才请假回到合肥，到医院经过详细检查，确诊肺部长了肿瘤，必须立即进行手术治疗。手术虽然进行得很成功，但因为癌细胞已经感染部分淋巴，徐冬梅又不得不按照医生的要求，开始进行化疗。

2018 年的 5 月初，徐冬梅刚刚完成最后一次化疗，便向丈夫和女儿提出要回王寨村的请求，未等丈夫和女儿开口，她的主治医师首先告诉她：“你的身体尚在恢复期，不能劳累，疲劳容易造成癌症复发和转移。”

守在徐冬梅身边的丈夫问：“是你的身体重要，还是你的工作重要？”

徐冬梅不假思索地回答：“当然是我的工作重要。”

“唉——”丈夫发出长长的叹息。

徐冬梅笑道：“你忘啦，为了去农村参加扶贫，我向组织上申请了多少次？那是我的一个梦，是我的夙愿啊。”

“这个梦，你不是已经实现了吗？”

“可是我的扶贫工作还没有结束，我的扶贫任务还没有完成啊。”

说着话，徐冬梅就拿出了手机，接通了与王寨村村民的一段段微信视频通话，当看到小孤儿赫登清对着屏幕前的徐冬梅说“俺又想你了”的时候，站在一旁的女儿说：“妈妈，您什么也别说了，我理解您。我明天就开车送您去王寨村。”

第二天，女儿带上妈妈的抗癌药品以及一些生活必需品，真的开车把徐冬梅送回到了王寨村。

张渠伟：在没有硝烟的战场上负了伤

渠江是流经四川省达州市渠县的一条江。

渠伟是一个人的名字，他的全名叫张渠伟。2018 年度“全国脱贫攻坚奖贡献奖”得主，“感动中国 2018 年度人物”。

革命战争年代，四川达州曾经是川陕革命根据地的一个重要组成部分，李先念、徐向前、许世友等老一辈无产阶级革命家，曾经在这里带领中国工农红军与国民党反动势力进行过浴血奋战，曾经在这里播撒过红色革命火种。

1966 年 9 月出生在渠县三板镇福城村的张渠伟，是从小听着渠县的红色故事慢慢长大的。李先念、徐向前、许世友等革命先辈为中国革命所立下的丰功伟业，张渠伟是从小就印刻在脑海和心坎里的。

张渠伟小的时候，母亲就体弱多病，一家人的生活来源，全靠父亲一人支撑。从小到大，他们四兄妹饥一顿饱一顿，过的都是苦日子。有时候，为了一碗面条、一个鸡蛋，他们四兄妹你推我让的情景，任何时候回想起来，心里都是酸酸的。

贫穷和困苦，从小就在张渠伟心里打上了深深的烙印。

改变贫穷落后的生活面貌，是张渠伟从小就立下的志愿。

张渠伟的父亲张家固是一名老共产党员，更是一名苦干实干的基层干部。他头顶草帽、手挥锄头、肩担粪桶，带领乡亲们在山上种植柑橘树，为乡亲们开辟增收渠道的情景，同样一幕幕深深印刻在张渠伟的脑海和心坎里。

“吃苦和奉献永远都是一个共产党员的本色。”“党员干部要时时刻刻想在前、干在前、冲在前。”

这是张家四兄妹从小到大听得最多的两句话。

这两句话，再加上红色革命基因早已在张渠伟心中生根发芽，两者一旦交汇，便成为张渠伟内心势不可挡的一股巨大洪流，始终牵引着他朝着从小就立下的那个志向阔步前进。

张渠伟是在 2014 年 3 月正式调任渠县扶贫和移民工作局局长的，从此他真正成为渠县扶贫第一线的排头兵。

渠县位于四川省达州市西南部，是国家秦巴山区连片扶贫开发重点县，也是四川省脱贫攻坚行动 88 个重点贫困县之一。2014 年，全县贫困村 130 个，贫困人口 14 万多，贫困发生率 12.1%。

作为渠县扶贫和移民工作局局长，全县脱贫攻坚的重担一下子压到了张渠伟的肩膀之上，他觉得这是天降大任于斯人。但当他第一时间翻阅全县的贫困资料，看到 143802 个贫困人口这个数据的时候，他还是着实吓了一跳。传说中的“稀饭县”，看来并非空穴来风啊。

面对如此艰巨的脱贫攻坚任务，渠县扶贫和移民工作局一定兵多将广战将如云吧？拿过花名册，从前到后，看来看去，张渠伟麾下都只有 10 名站班人员。

但张渠伟的眉头还没有形成弯折结构，就又立刻横平竖直了。从参加工作第一天起，对于领导布置的任何任务，他都没有打过折扣，现在正值全国深入推进精准扶贫的关键时期，党组织把这么重要的任务交给自己，那就更没有理由想这想那，就一个字：干。

为了不辜负党组织对自己的信任和期待，也为了自我加压，张

渠县东城全景图

渠伟又立刻与县委县政府签下军令状，以表明他坚决打赢这场脱贫攻坚战的信心和决心。

签了军令状，张渠伟就带领他的战斗团队进入战时状态了。

张渠伟的作战指挥所在县城，但为了不打无准备之仗和不打无把握之仗，他几乎一有时间就要深入第一线，用他的话说就是，没有亲身经历，没有一村一户的实地察看和调查，就不知道身边还有不蔽风雨的“穿斗房”“干垒房”“土坯房”，就体会不到

脱贫攻坚的紧迫感和使命感，就感受不到推动扶贫工作的重要性和艰巨性，“精准扶贫”就只能成为一句空话。

易地扶贫搬迁，也叫“挪穷窝”，这是全国范围内普遍实行的一项脱贫攻坚战略，但具体实施起来，却困难重重，“金窝银窝不如自己的狗窝”“故土难离”等思想观念，是很多贫困户不愿意搬迁的主要原因之一，作为脱贫攻坚的指挥员，张渠伟没有坐在指挥所听汇报，下命令，而是直接来到贫困户中间，告诉他们："我也是农民出身，我能理解你们的心理感受，但政府让你们搬迁的目的，是为了让你们今后都能过上好日子。"

一位大山深处的贫困户却反问张渠伟："下山后我去哪里养羊？养不了羊，你拿啥子来让我过上好日子？你敢拍胸脯保证我不再过穷日子？"

张渠伟一拍胸脯回答："我敢！"

还有一位叫万清阳的贫困户，他腿有残疾，行动很不方便，坚决不愿意搬。

张渠伟告诉他们，他在全县提出的扶贫搬迁工作思路是："产业围绕房子转，房子围绕产业建。"目的就是要确保搬得出，站得稳，就是要解决广大搬迁户的后顾之忧。然而，任凭张渠伟如何开导劝说，他们都认为张渠伟是在给他们画大饼，他们的回答就是两个字：不搬。

第一次没有成功，张渠伟没有气馁，而是紧接着去第二次，第三次，直到真正把他们的思想疙瘩解开，让他们心甘情愿地搬迁到新的居民定居点。

有一位叫周英的农户，一来舍不得自己的老房子，二来可以在那里养鸡养鸭种蔬菜，已经过惯了那种自给自足的小日子，说什么也不同意跟随整村搬到新的居民点，张渠伟就隔三岔五到她家去做她的思想工作，据周英自己说，张渠伟局长"硬是谈了大半年，提供了各种保障，我们才搬的家"。

现在她自己在柠檬基地打工挣钱，丈夫也通过培训在渠县找到了工作，每天能收入200元左右，相比以前，收入一下子提高了许多。

敢拍胸脯是领导干部取信于民的前提条件，也是有利于开展脱

张渠伟（左三）现场查看易地搬迁集中安置点建设进度

贫工作的关键之所在，但拍了胸脯，却兑现不了承诺，那损害的，就不仅是个人的信誉，同时也损害了党和政府的形象，这是张渠伟绝对不能容忍，也是绝对不允许在他身上发生的事情。

渠县山多，土地贫瘠，资源匮乏，实行易地扶贫搬迁是必由之路。但在实施扶贫搬迁的同时，还必须与产业扶贫相结合，只有产业振兴了，经济发展了，广大贫困户才能增加收入来源，才能真正实现脱贫致富的目标，所以，对于整个渠县来说，产业扶贫同样是关键。而想要把这个经济蛋糕做大做强，首先就要在引资上面花大力气，下大功夫。

几经辗转，张渠伟终于掌握了一条重要信息，有一个叫王超的渠县籍退役军人，在福建发展得风生水起，但他没有返乡创业、助力家乡脱贫的意愿。了解到这一情况之后，张渠伟便亲自赶赴福建，做他的工作。第一次见面，王超出于礼貌，答应了张渠伟的邀请，却绝口不提返乡投资的事情。

第一次无功而返，张渠伟不甘心，又第二次赶赴福建。这一次，张渠伟对王超打出了亲情牌，不仅邀请了王超，同时还请了王超的父亲，一起协助他做劝说工作。张渠伟对王超说：“你当过兵，首先是一个血性男儿，而且还是一名共产党员。脱贫攻坚，不仅是党和政府的事情，也是每一个有责任感的中国人应有的责任担当。渠县是你的桑梓之地，你是喝渠江水长大的，你现在有这个能力，为啥不伸手为家乡出一份力？”王超的父亲也在一旁劝说：“是啊，说到底，渠县是咱们的老家，咱们的根在渠县。再者张局长也说了，让你回去发展家乡经济，并不是要你做施舍，而是一种合作共赢，你又何乐而不为呢？”

张渠伟（左）到硕源农业了解产业发展状况

这一次，王超虽然没有明确表态，但看得出来，张渠伟与王超父亲对王超说的那番话，每一句都直抵他的内心，都让他很受触动。所以当张渠伟三顾茅庐，第三次赶赴福建时，王超被张渠伟的真诚彻底打动，张渠伟刚一开口，王超就当即表示说："张局长，你啥子都不用说了，我跟你回渠县！"

王超返乡后，一下子建起了 4 个种植基地，直接带动 400 多个贫困户人均增收 1600 元以上。他还组织 29 名退役军人，成立了退役军人联合党支部，以党建引领脱贫攻坚。这一创新做法得到了中央领导同志的肯定。这件事也启发了渠县县委县政府，渠县县委随即择优选派了 186 名退役军人担任第一书记，组建了扶贫铁军，这支扶贫铁军最终涌现出了全国人大代表黄小军和全省优秀第一书记刘锐、廖洋等一大批先进典型。

榜样的力量实在是无穷无尽。在王超的带动之下，再加上渠县筑巢引凤产业政策的优势引领，目前，渠县全县已经有 2000 多名在外的乡友主动返乡，发展种植、养殖和加工业，实现了贫困村产业全覆盖，为贫困群众带去了脱贫的希望，有力助推了渠县脱贫攻坚的进程。

解决了搬迁群众生计的同时，集种植、采摘、休闲、旅游为一体的生态农业的建设和发展，也让渠县焕发出勃勃生机，成为渠县一张亮丽的名片。张渠伟的多项扶贫措施，不仅成为渠县脱贫摘帽的加速器，还被全国各地复制推广。

截至 2018 年，渠县已经实现了 130 个贫困村村村有产业。全县 57 个贫困村成功实现摘帽，12.3 万人成功脱贫，易地扶贫搬迁 35295 人，全县贫困发生率从 12.1% 降至 1.72%。

脱贫攻坚是一场大仗，也是一场硬仗，要想打赢打胜，首先要

渠县万寿镇灵感社区的柑橘产业

兵马未动粮草先行，要认真学习领会党中央国务院下发的关于脱贫攻坚的一系列文件精神尤其是习近平总书记的重要讲话和理论文章，这是必备粮草，也是制胜法宝。其次就是要全面掌握了解全县130个贫困村的具体情况，只有这样，才能够真正做到知己知彼百战百胜。最后再根据本县实际情况，制定一项项具体脱贫攻坚目标任务，然后再进行层层分解，层层落实。

然而，不算中央到省市各级政府下发的所有扶贫政策文件，仅全县60多个乡镇130个贫困村的各种汇报材料，堆起来就比一个

人还高，要把所有这些文件材料全部吸收消化掉，是一项特别艰巨繁重的任务，何况张渠伟白天大部分时间都用在深入扶贫第一线，每天还有那么多的日常工作要做，不仅要处理各种各样的现实问题，还要督促各乡镇落实各项扶贫工作，时间对他而言根本不够用。

唯一的办法，就是争分夺秒，夜以继日。从执掌渠县扶贫和移民工作局帅印第一天开始，张渠伟每天的工作时间，平均都在16小时以上，如果按照八小时工作制计算，他基本上等于一天上两天的班，一天干两天的工作。

对此，张渠伟的司机蒋晓健最有发言权，他介绍说：“张局长几乎每天都奔波在路上，从挂帅扶贫和移民工作局的第一天开始，他常年工作中普通的一天是这样度过的，一大早，花费将近3小时赶到最远的柏水乡，解决贫困村3个主干路被损毁的问题——第一时间赶到现场化解矛盾是张渠伟局长一贯的工作原则；下午1点到会龙村解决养猪场股权分红问题；下午3点多，张局长已经赶到另一个村子，现场为群众讲解扶贫政策并解答疑难问题；晚上7:30赶回县里召开当天的扶贫工作会议，会议结束已经是晚上10点多钟……”

有时候因为距县城实在太远，第二天还要赶赴其他村镇，他们就干脆在路边支起帐篷，将就着在帐篷里睡上一夜。

同样的，在柏水乡碾坪村帮扶期间，为了节省往返时间，加快实施碾坪村的基础设施建设，张渠伟和司机蒋晓健，一连几天都是睡在他们自带的帐篷里。

那一次，张渠伟连续发热十来天，自己感觉实在支撑不下去了，这才打电话联系医生，等他赶到医院，也已经是晚上10点多钟，医生这边刚给他打上吊针，他那边已经睡着了。贫困户口中的“帐篷局长”，妻子口中的“沙发局长”，就是这样而得名的。

对于张渠伟这种近似于拼命的工作劲头，妻子颇多怨言，最老生常谈的一句话便是身体是革命的本钱，奈何对张渠伟却起不了任何作用，久而久之，妻子就干脆不理睬他，跟他打起了冷战。

那个雨后初晴的周末，张渠伟突然对妻子做出了让步：“咱们今天去乡下走亲戚咋样？”妻子感觉很意外，这是太阳从西边出来了？妻子将信将疑上了车，跟着张渠伟一起来到了他所称的“亲戚”家。一进门，妻子就被眼前所见的情景惊呆了，这家人的房子是石头垒的，到处都是洞洞眼眼，是真正风来漏风，雨来漏雨。那一刻，三个穿着破旧不堪的孩子，正趴在破烂不堪的桌子上写作业，他们的脚下遍地都是坑坑洼洼的雨后积水。

这是一个极度贫困的家庭，三个孩子的父亲外出打工，母亲名叫谭其辉，患有精神病，多年不言不语，家里全靠70多岁的奶奶一个人里里外外操劳。

这趟“亲戚”走下来，对张渠伟妻子的触动太大，从那以后，妻子也认下了这门亲戚，只要有时间，她都会主动代替张渠伟去看望那三个孩子，给他们送去包括衣服之类的生活必需品，同时也给他们送去父母一般的关怀与爱护。

之后张渠伟又帮助谭其辉一家申请了易地搬迁，让他们一家住进了新房。那天，十多年没有开过一次口的谭其辉，见了张渠伟夫妇，竟然突然开口对他们说了一句：“谢谢！谢谢你们！”

从赴任扶贫和移民工作局第一天开始，1600 多个日日夜夜的奔波操劳，长年超负荷的工作，使张渠伟患上了严重的耳石症和青光眼，尤其是眼睛，一见光就流泪，检测结果表明，他的左眼视力降至 0.04，右眼降至 0.6。因为身体严重透支，他在工作过程中，经常感冒发热，曾经好几次出现重度眩晕，情况已经非常严重。

鉴于这种情况，医生几次要求张渠伟立即办理住院手续，接受手术治疗。张渠伟却几次恳求医生根据他口述的症状，帮忙给他多开点药，然后一边手拿眼药水，一边继续战斗在脱贫攻坚战的最前线。医生对此不得不几次向他发出警告："再这样拖下去，你真的会面临失明的危险。"

家里人也恳求他："还是听医生的话，赶快住院接受手术治疗吧。"

张渠伟却总是笑着回答："等全县贫困村都摘了帽，我的任务都完成了，那时再去手术也不迟嘛。"

张小娟：最美达玛花

达玛花又称“高山杜鹃”，它开在高山之上，美丽但不娇艳，在甘南藏族自治州等地被赋予了一种精神象征而倍受称道。

2019 年 10 月 7 日，年仅 34 岁因公牺牲、被中共中央追授为“全国优秀共产党员”“全国脱贫攻坚模范”的张小娟，就是这样一朵达玛花。

她是甘肃舟曲人，1985 年 4 月出生在甘肃省甘南藏族自治州舟曲县曲瓦乡城马村一个普通藏族家庭。她的父母亲都是普普通通的农民，但他们养育的儿女却个个优秀，尤其是张小娟，2003 年参加高考，以舟曲县文科状元的优异成绩，考入了中央民族大学历史学与旅游管理双学位专业，成为著名学者蒙曼老师的学生。

蒙曼老师对张小娟记忆最深刻的还是她带队赴湘西凤凰县开展田野调查的时候，她发现课堂上很沉静的张小娟，突然变换了一个角色，像欢快奔放的鸟儿一样，对什么都充满好奇和向往，而且她的动手能力还特别强，回京前的那个傍晚，她们师生走进当地古城的一家蜡染店铺，各自买了一块印花布，大家从店主给的各式纹样里选来选去选了半天，终究也不知道究竟画什么是好，张小娟却扔掉纹样，挥起笔，几勾几画，一个类似汉代侍女一般的人物，就被她勾勒了出来。所以，蒙曼老师印象当中的张小娟，是一个“爱美，所以希望全世界都美”的女孩 。

2007 年，张小娟大学毕业不久，入职北京一家五星级酒店，并很快以高级管理人才资格落户北京，可谓前程似锦，春风得意。

城马村的兄弟姊妹们，提起张小娟，没有一个不羡慕。可是谁也没有想到，2008 年汶川大地震之后，张小娟却提出要回家乡，姐姐张小慧，弟弟张建平甚至包括张小娟的父母亲，都希望她能够慎重考虑，姐姐张小慧更是苦口婆心："你可千万别头脑发热啊，北京跟舟曲相比，那是几何级的差距啊。"

"姐姐你别忘了，我大学的学费来自国家西部开发助学工程的资助，我不能不懂得感恩，不能不做出我应有的回报。"

"傻妹妹，你姐姐，你弟弟——我们读书都得到过社会的帮助，我不是不知道羊羔跪乳，也不是反对你回报家乡。但你应该明白一个道理，回报的方式方法多种多样。你说你现在回来干什么，你又能干什么？你在北京发展好了，将来有能力了，不比你赤手空拳回来，更能回报社会，回报家乡？"

任凭亲人如何劝说，张小娟还是选择回到了家乡。

回到家乡不久，组织上就安排张小娟到立节乡当了一名乡镇干部。

2010 年，张小娟参加全省 80 后优秀年轻干部选拔考试，取得了全县第一的成绩，随即被选拔纳入甘肃省优秀 80 后年轻干部后备库。

2010 年 8 月 8 日，舟曲发生"8・8"特大山洪泥石流灾害，张小娟的家里受了灾，但她的父亲张生财却带着张小娟的弟弟张建平，冒着生命危险从江水里抢救了 13 条生命，张家父子因此而被授予"甘肃省抢险救灾见义勇为先进分子"荣誉称号。而就在父亲和弟弟救人的同时，张小娟也不顾个人安危，主动加入抢险救灾志愿者队伍，全力投身县城的抢险救灾当中。也就是在这次重大灾害面前，张小娟所表现出来的坚毅刚强与无畏无惧，让她火线入了党，真正成了一名共产主义的先锋战士。

之后不久，张小娟被调任曲瓦乡副乡长、纪委书记。到曲瓦乡任职，张小娟等于真正回到了自己的桑梓之地。

早在张小娟读大学的2006年暑假，她就已经开始用文字记录她的乡愁了。她在《寂寞城马》中曾经这样写道：

“城马这类隐在山里的小村子，一直寂寞着，不是因为没有高楼、滨河路和广场，而是因为没有人，特别是没有一批富有活力的年轻人。”

“年轻人都去见世面了，村子谁来发展？”

这是张小娟的乡愁，也是她放弃北京优厚的工资待遇、优裕的生活条件和优越的发展环境，主动回到家乡的初衷。

现在，张小娟带着这样的乡愁回来了。她找到城马村党支部书记张俊师，共同商讨和谋划村子的发展规划。

“城马倒也不是完全没有前途，高山上有蕨菜，花椒树在这里长得不错，城马不缺水，适宜各类果树生长，尤其是核桃。只是这些东西需要人去经营去管理，需要耐心地等待它们成长。”

这是张小娟在《寂寞城马》中写过的话，也是她与城马村党支部书记张俊师的共识。

没有人，村子依然寂寞。要怎么样才可以让青年们回来？可以让寂寞的城马活起来、喧腾起来？这是张小娟与城马村党支部书记张俊师需要共同面对和思考的问题。

他们思考的最终结论是尽他们的努力，想办法发掘一切可以发掘的资源，为年轻人铺好路，创造好条件，这是唯一可行的途径。

果然，2017 年，村里一个叫王磊的 90 后，以张小娟为学习楷模，华中师范大学音乐系毕业之后，放弃留在大城市的机会，回到村里来创业了。

王磊说："还在我很小的时候，小娟姐姐就给我留下了很深刻的印象。她不仅人长得漂亮，学习也特别刻苦用功，当年她以全县第一名的成绩考上中央民族大学，后来又放弃北京优异的工作回到家乡，为乡亲们脱贫致富倾注了她的全部心血和汗水，她始终都是我心中崇拜的偶像，是我学习的好榜样。"

王磊回村的第二年，就利用父亲为他留下的 300 亩核桃种植基地，养殖中华蜂、土鸡、土猪、梅花鹿，种植花椒树和核桃树，并成功带动村里 37 户贫困户一起加入他创办的合作社。其间，王磊共计种植羊肚菌 50 亩，养殖中华蜂 100 箱，散养土鸡 5 万只，年孵化土鸡鸡苗 12 万羽。之后在王磊的带动之下，城马村的村集体经济也得到迅猛发展，共建设了 9 座高标准蔬菜大棚，试种的黑木耳、羊肚菌都获得成功，村里还培育起了 11 个专业合作社，2020 年全村居民人均纯收入达到了 8400 元，村容村貌更是发生了翻天覆地的变化。

村集体经济壮大了，个人的收入越来越多了，村里的烟火气越来越重了，村里的日子越来越有奔头了，回村的年轻人慢慢多起来了……

城马从此不再寂寞了。

提起张小娟，舟曲县博峪镇卧欧诺村党支部书记薛代花几度哽咽："在我们博峪藏乡，人们普遍认为，心地善良的人去世后，都会化身为达玛花，绽放在最纯洁的高山上，从此守望着周围的百姓。我相信小娟就是我们心目中最美的那一朵达玛花，她将永远盛开在我们身边，永远守护着让她牵挂的一切。"

薛代花与张小娟最初相识是在甘南州主办的农村互助社培训班上，之后薛代花又成为张小娟的工作对象。当张小娟了解到他们村有很多家庭都以养蜂为业的时候，她立刻建议薛代花在他们村成立一个养蜂合作社："国家现在有很多产业扶持政策，如果你能把养蜂做成产业，就能带动村民致富。"

在张小娟的帮助下，卧欧诺村成立了养蜂合作社，但最初的规模很小，只有 16 户村民参加。薛代花有点泄气，还有点恨铁不成钢。这时候，张小娟对薛代花露出了笑脸，她笑得像达玛花一样灿烂。她对薛代花说："这种事情急不得，要有一个过程，关键是要把它做好。"

薛代花说，她们每次见面，张小娟都叫她代花姐，可是在实际工作中，她们的姊妹关系就立刻颠倒了过来，尤其是在遇到困难的时候，张小娟对她说的每一句话，都能让她感到像吃了一颗定心丸一样踏实。

一个问题解决了，新的问题又出现了。薛代花说，她们后来销售散装蜂蜜时，因为被其他商贩冒充，客户又真假难辨，她们好不容易建立起来的信誉受到了损害。这时候她又去找张小娟，张小娟笑得还是像达玛花一样灿烂，她说："让客户接受你们的蜂蜜，到最后喜欢你们的蜂蜜，这也要有一个过程。不过最关键的，还是要打造你们自己的蜂蜜品牌，想让外界真正接受你们博峪的蜂蜜，首先要注册商标，还要在产品的包装设计上做足文章，这跟人起名字、穿衣服一样，品牌有了、包装设计好了，顾客才会更愿意接受你们的产品。”

张小娟说得一五一十，薛代花听得像小鸡啄米，可具体怎么做，却无从知晓。张小娟于是又帮忙对接了好几家信誉度很好的设计公司，一项一项具体落实。在她的帮助下，卧欧诺村的蜂蜜终于有了自己的品牌，有了自己的设计包装，也得到了舟曲县委县政府的大力扶持。

一分付出，一分收获。

如今卧欧诺村不仅培育了享誉全省的品牌甜蜜党建，该村成立的就业扶贫车间也已步入正轨，并辐射带动了 171 户贫困户、139 户一般农户和 18 个村集体经济齐头并进，累计为村集体经济、贫困户和农户分红 400 多万元。

2016 年 1 月，由于张小娟群众基础扎实，工作实绩突出，她被组织安排调入舟曲县扶贫开发办，担任办公室副主任一职，主要负责全县建档立卡管理、国家扶贫子系统和全省大数据系统管理、扶贫资金管理等多项重点工作。

张小娟的工作性质变了，身上担的担子也变得更重了。

她不仅夜以继日地加班加点工作，努力刻苦钻研扶贫政策和业务知识，被誉为舟曲扶贫的“活字典”和“移动数据库”，同时还勇挑组织交给的重担，倾注自己全部的时间和精力，跋山涉水、走村入户，摸情况、提建议、解难题、抓落实，用漫画图解等通俗易懂的形式让贫困户了解党的惠民政策，用自己的努力和付出推动各项扶贫举措在乡村落地见效，成为全县扶贫排头兵、攻坚急先锋。

舟曲县曲告纳镇瓜欧村是张小娟生前的扶贫帮扶村。该村地处

张小娟（右二）下乡了解情况

大山深处，是个偏远山村，海拔 1100~3500 米，属纯藏族村，村子不大，91 户人家，其中贫困户 34 户 176 人。为了全面完成该村的扶贫帮扶任务，张小娟前前后后跑了上百次，把村子的底全部摸清之后，她就召集村两委班子成员共谋发展之策。该村出产的金丝皇菊备受市场青睐，她就号召大家充分利用这个优势，通过着力打造金丝皇菊品牌，来实现“党支部 + 合作社 + 农户”的发展战略，推动瓜欧村产业示范园的发展；村子四面环山、风景优美，她就上下奔波，多方筹措旅游项目开发资金，同样以“党支部 + 合作社 + 农户”的发展战略，来开发“以瓜欧景区、经济林果采摘与观光园为一体的民俗文化旅游”产业。到 2019 年年底，该村如期脱贫，摘掉了贫困村的帽子。

村民余双吉是张小娟生前的帮扶户，余双吉没有一技之长，每年外出打工，累死累活也只能挣个万把两万块钱，家里的日子过得本来就紧巴，再加上还要供两个孩子上学读书，真正是压力巨大。为了改变他家的这种困难局面，张小娟通过协调努力，让余双吉参加了一个挖掘机的技能培训，让他掌握了一门实用技术。张小娟之后又鼓励余双吉把家里的土地入股到村里的专业合作社，享受年底的分红。这样一来，余双吉家的日子也就渐渐好了起来。

舟曲是国家重点扶贫开发县，贫困发生率高，资源薄弱，是脱贫攻坚的难中之难，坚中之坚。作为县扶贫办的一名扶贫干部，张小娟每天的工作都安排得密密麻麻，忙得不可开交。

母亲对此很不理解，她本来血压就高，再加上患有心脏疾病，每年都要住院治疗，做女儿的不经常侍奉左右，不来端水递药，不来嘘寒问暖，这也就罢了。她做母亲的，反过来经常打个电话，问问女儿“在哪儿呢”“吃了吗”，这不是可怜天下父母心吗？她倒好，非但一点不领情，一句知冷知热的话没有，却张嘴就是埋怨，埋怨一个做母亲的，不该打扰她的工作。

但是张小娟的丈夫刘忠明却非常理解和支持她。

2010 年“8·8”舟曲特大山洪泥石流灾害发生之后，作为县疾控中心的医生刘忠明，与作为乡镇干部的张小娟，都主动成为救灾志愿者，他们是在那场艰苦而又危险的救灾工作中，才真正相识相知，逐渐走到一起，最终共同步入幸福婚姻的殿堂的。

他们是一对恩爱夫妻，但他们却因为各自都肩挑重担而聚少离多。他们一个是白衣天使，一个是扶贫干部。为了信仰与使命，他们甘于奉献；为了职责与担当，他们无怨无悔。作为一名扶贫干部，张小娟为了摸清舟曲县 19 个乡镇的基本情况，为了解决各个贫困村尤其是她的帮扶村的实际问题，她每年有三分之二的时

舟曲境内的油菜花在竞相盛开

间都在全县 87 个贫困村中来回奔走。

2019 年 10 月 7 日晚，张小娟结束了脱贫成果验收工作，与舟曲县融媒体的四位记者一同乘车返回县城的途中，不幸遭遇车祸，张小娟年仅 34 岁的年轻生命，就这样永远定格在了她扶贫工作的路上。